셰익스피어 전집 7 개정판

한여름 밤의 꿈

•

신정옥 옮김

개정판을 내면서

셰익스피어를 존경하는 한 극작가는 "셰익스피어는 책이 살아있는 한 그는 오늘도 살아 있으며 우리는 주옥같은 언어를 읽고 찬양을 거듭한다."고 하였다. 셰익스피어의 작품은 오늘뿐 아니라 어제도 내일도 그리고 세계 어느 곳에서나 변함없이 존경받고 있는 위대한 고전적 문학작품이며 하나의 우상적 존재이다.

우리나라에서도 1906년 「조양보(朝陽報)」에 "세이구스비아" 라는 이름으로 소개된 이래 1920년대에 유학생들이 연구에 가담하였고 근자에 와서는 이 우상에 도전하는 학자들이 많이 배출되고 있다. 그의 작품이 문학으로서, 희곡으로서, 시로서, 그리고 언어학으로서 연구되고 번역되고 있다. 영문학자나 연극학도로서 가히 탐구할만한 학문적 대상이다. 또 불문·독문학자나 연극인도 여기에 합류하고 있으며 연구하는 계층의 증폭도 계속 확대되고 있으니 시대가 흐르면 이들 작품연구와 번역 등 셰익스피어라는 문화의 도입에 따르는 가치 창조는 그 본류와 아류가 구별될 것이다.

필자는 셰익스피어의 작품전집을 희곡 37편과 장시가 3편으로 모두 40권의 번역을 마쳤고 그중 29권은 이미 출판 된 바 있다. 근자에 *King Edward III*(『에드워드 3세』)와 *The Two Noble Kinsmen*(『두 귀족 친척』)이 셰익스피어의 작품으로 인정되어가는 학계의 동향으로 보아 새로운 연구·번역의 대상이 두 작품이나 생겨 필자로서는 또한 새로운 과제를 만난 셈이 되었다. 즐거운 마음으로 고초의 길을 다시 밟아야 할 것이다.

셰익스피어의 희곡은 39편이다. 희곡은 연극을 하기 위한 문학작품이다. 셰익스피어가 생존시에 Globe극장에서 연극에 직접 관여하며 작품화한 사실은 희곡은 연극으로 재현된다는 하나의 본보기이다.

셰익스피어의 작품의 원본은 영원히 원전으로 변화가 없다. 그러나 그의 작품의 번역은 당연히 읽는 것, 그리고는 연극을 전제로 한 번역이어야 한다. 또는 독자와 관객이 만족하는 것이어야 한다.

번역은 원작의 모든 언어와 문장의 의미를 완전하게 또는 그에 가장 가깝게 표현하는 당위성이 요망된다. 그리고 연극은 언어감각이 필수적 요건이다. 문장은 읽는 것이며 연극은 무대에서 배우가 말하고 관객이 듣는 것이다. 이들은 현대인이다. 그런데 현대인이 갖는 특정적인 성품의 흐름은 우상의 파괴와 반전을 거듭하는 변혁의 조짐이다. 원문의 정확한 전달을 문학적 어법으로 옮기고 시대적 감각에 맞는 언어의 표현방식이 일치하는 것이 번역의 정도라고 필자는 믿고 있다.

작품의 한 부분 또는 특정인물을 포커스하는 연출로 희곡의 정통적 공연의 변절과 반전, 그리고 극 전체의 현대화 구상은 셰익스피어가 지금 살아있다면 희비쌍곡선 위에서 우왕좌왕할 것이다.

셰익스피어의 작품은 많은 학자, 문학가, 그리고 연극인이

시대적 흐름에 맞춰 번역과 해석 그리고 공연에 연쇄적 변혁이 일어나고 있으며 앞으로도 그럴 것이다.

필자는 이러한 변혁의 회오리 속에 몰입하고 싶은 생각은 없다. 그러나 셰익스피어의 작품을 대학시절부터 연구하고 번역을 해오며 반평생을 지냈으며 지금도 학문적 연구와 문학적 표현의 연구대상으로서 이들 두 가지의 조합이 번역의 원천이며 또 연극관계자와 관극인의 욕구를 만족시킬 것이라고 믿고 있다. 셰익스피어의 공연은 대부분 관극하여 오랜 공연상황의 대부분을 「셰익스피어 한국에 오다—셰익스피어의 한국수용과정연구」에서 다룬 바 있다. 출판된 작품도 오랜 세월에 걸쳐 번역하였기 때문에 10년을 가지고 헤아려야 하는 역사가 되어버렸다. 문학이나 희곡 그리고 연극의 시대적 감각을 고려할 때 번역 작품도 원문의 더욱 투철한 연구와 오늘의 현실감각에 맞는 언어의 사용, 셰익스피어의 작품번역의 새 시도는 필수적인 조건이라고 생각하여 신역에 버금가는 개역판을 선보이기로 하여 책임과 보람의 과제를 짊어지고 있다.

독자나 관극인 그리고 학계 연극계 여러분의 지도편달이 있으시기를 간곡히 고대한다.

2005년 5월
신정옥

『셰익스피어 전집』을 옮기고 나서

숙명처럼 혹은 원죄(原罪)처럼 나의 삶과 정서를 지배하던 먹구름은 이제 걷히고 맑은 하늘이 열리고 있다. 하지만 나의 마음은 왠지 허전하고 공허하다. 셰익스피어와의 힘겨운 싸움에 쇠잔한 때문일까.

나는 이제 셰익스피어가 그의 전 생애에 걸쳐 이룩한 장막 희곡 37편과 3편의 장편시 그리고 소네트를 우리말로 옮기는 작업에 종지부를 찍었다. 돌이켜보면 셰익스피어 문학에 어렴풋이나마 눈이 뜨이고 귀가 열린 것은 『한여름 밤의 꿈』을 번역하면서 비롯되었는데, 그때 내 마음 속 깊이 자리 잡은 셰익스피어가 나를 운명처럼 괴롭힌 지도 어언 20여 년이나 된다.

지난 오랜 세월 동안의 나의 외로운 번역작업은 문자 그대로 인고(忍苦)의 세월이었다.

"그 진실 때문에 고통의 모습을 사랑한다."고 토로한 미국의 청교도 여류시인 에밀리 디킨스의 말처럼, 위대한 인간성에의 끝없는 사랑과 아름다움에 따뜻한 시선을 던지는 셰익스피어 문학의 진실 때문에 나는 그를 우리말로 옮기는 고통을 감내해 왔는지도 모른다.

그러면서도 사실 내가 셰익스피어 작품에 매료된 가장 큰 원인은 바로 그의 언어의 천재성 때문이었다. 언어가 빚어낸 비극성과 희극성이 그를 인류 역사에 찬연히 빛나는 불멸(不滅)의 극시인으로 만들었고 신선한 탄력이 나를 사로잡았던 것이다. 어디

그뿐이랴. 시적 아름다음과 향기가 깃들여 있어서 매우 심도(深度)있는 함축성을 지닌 문체에다 음악의 미와 이미지의 미가 유기적으로 융합됨으로써 아름다움이 더욱 빛을 발하고 있는 것이다.

따라서 태반이 이중 영상적(映像的)인 그의 언어는 윤기마저 흐른다. 그의 언어는 싱싱하게 살아 숨쉰다. 영혼의 심연(深淵)으로부터 우러나오는 언어의 광채와 언어의 맥박의 울림 속에서 극적 전개를 이룩해나가는 것이 셰익스피어의 극인 것이다. 그래서 엘리자베스 시대의 영국 국민들은 셰익스피어의 극에서 시각적인 감동보다도 청각적인 짜릿한 감흥에 젖어들기를 좋아했다. 이를테면 눈으로 보는 연극보다도 귀로 듣는 연극을 좋아했고 탐닉했던 것이다.

셰익스피어의 신성(神性)에 가까운 언어의 천재성은 그의 작품을 번역하는 사람들에게 적지 않은 어려움을 안겨왔다. 나 역시 그러한 곤혹스러움에 빠져 후회가 되기도 했다. 그리하여 한 작품의 번역이 끝나고 그 다음 작품에 손을 댈 때마다 "잘못 씌어진 책은 실수이나 좋은 책의 오역은 죄악이다."라는 명구가 나를 긴장시키곤 했다. 그러한 심신의 동요 속에서도 이렇게 전집을 펴낼 수 있었던 것은 순전히 주변의 가까운 선배동료의 격려 덕분이라고 생각한다.

여하튼 셰익스피어 원작을 번역함에 있어 나는 무분별한 직역과 지나친 의역을 피해서 될 수 있는 대로 원전에 충실하기로 방침을 세웠다. 원전과 번역의 거리를 최대한 축소시켜, 원전의 의미와 향취를 살리면서도 오늘의 감각과 취향에 맞도록 하기 위해서 애를 섰다.

따라서 "번역은 충실하면 충실할수록 덜 아름답고 아름다우면 아름다울수록 덜 충실하다."라는 폴 발레리의 고백을 교훈삼아 나의 번역도 그렇게 지향하려고 노력했다.

두말할 나위 없이 셰익스피어 작품의 훌륭한 번역가는 세 개의 얼굴을 가진 그리스의 알테미스 여신보다도 한 개가 더 많은 얼굴을 가져야 된다고 한다. 즉, 네 개의 얼굴 [四面性] 이란 비평가적 얼굴, 언어학자적 얼굴, 연출가적 얼굴, 시인적 얼굴, 다시 말해서 비판의식과 어휘의 풍부함과 무대지식과 그리고 시인적 감각을 가리킨다. 이러한 사면성이 탄탄하게 갖춰졌을 때 비로소 극시인의 본래의 사상과 이미지 그리고 영상을 충실하게 드러낼 수 있다고 하겠다.

나는 과거에 출간된 셰익스피어의 번역물들의 공통적 특성이라 할 산문 투의 대사를 지양하고 될 수 있는 대로 무대 언어로 옮기려고 노력했지만 뜻대로 되지 않아서 아쉬움이 없지 않다. 그러나 셰익스피어 작품 완역(完譯)이 한국 출판문화, 더 나아가 정신문화를 윤택하게 하는 데 한 알의 밀알이 되었으면 하는 바람을 갖고 있다. 앞으로 좋은 번역이 나오는 데 있어 나의 역서가 한 징검다리가 될 수만 있다면 기쁘겠다.

끝으로 셰익스피어 전집이 우리말로 옮겨져 나오기까지 거친 원고를 정리하고 교정하여 책으로 만드는 데 많은 수고를 아끼지 않으신 도서출판 전예원 편집부원들과 따뜻한 정의(情宜)와 격려를 주신 분들에게 감사한다. 특히 건전한 번역문화를 선도하는 전예원 金鎭洪 박사의 각별한 배려와 후원에 크게 힘입었음을 밝히면서 동시에 따뜻한 감사를 드린다.

1989년 여름
신정옥

한여름 밤의 꿈

A Midsummer Night's Dream

▶ 등장인물 ◀

테세우스 아테네의 공작
히폴리타 아마존의 여왕, 테세우스의 약혼녀
이지어스 귀족, 허미아의 아버지
허미아 이지어스의 딸, 라이샌더를 사랑하는 처녀
헬레나 드미트리어스를 사랑하는 처녀
라이샌더 허미아를 사랑하는 귀족 청년
드미트리어스 허미아를 사랑하는 귀족 청년
필로스트레이트 테세우스 궁전의 축전 담당관

오베론 요정들의 왕
티타니아 요정들의 여왕
퍽, 또는 로빈 굿펠로 장난꾸러기 요정
콩꽃
거미집
나방
겨자씨 } 요정

피터 퀸스 목공
닉 보틈 직조공
프랜시스 플룻 풀무수선공
톰 스나우트 땜장이
스너그 가구공
로빈 스타블링 재봉사

테세우스 궁전의 시신(侍臣)들
오베론과 티타니아에 시중드는 요정들

▶ 장 소 ◀

아테네 및 그 근교의 숲

제 1 막

참사랑이 가는 길은 절대로 순탄치 않아.

•

제1장 라이샌더의 대사 중에서

제1장 테세우스 공작 궁전의 대청

한쪽 작은 단에는 두 개의 옥좌가 있고, 다른 쪽에는 벽난로가 있다. 후면 좌우에 출입구가 있다. 그 사이의 벽에도 출입구가 있고, 뒤쪽의 복도와 통한다.

테세우스와 히폴리타 등장하여 옥좌에 앉는다. 뒤이어 필로스트레이트 및 시신(侍臣)들 등장.

테세우스 아름다운 히폴리타, 우리의 혼례식도
다가왔구려. 행복한 나날이 나흘만 지나면
초승달이 뜨는 새달이요— 하지만 아, 이지러지는 달님은
이리도 더디 가는가! 달은 내 욕망을 늦추고 있소,
마치 계모나 미망인이 오래 살아
젊은이의 유산을 축내는 것 같이.
히폴리타 나흘의 낮은 눈 깜짝할 사이 밤의 어둠에 잠기고,
나흘 밤도 꿈 같이 사라질 거예요.
그러면 초승달은 힘껏 당겨진 은빛 활처럼
하늘에 떠서 우리의 엄숙한 혼례식을
지켜볼 겁니다.
테세우스 필로스트레이트, 가서
아테네의 젊은이들 마음에 불을 지펴

유쾌한 기분에 신명이 나게 하라.
우울한 기분은 장례식으로 쫓아 보내는 거다.
창백한 얼굴을 가진 자는 축하연에 어울리지 않는다.
(필로스트레이트 예를 올리고 퇴장).
히폴리타, 난 검을 갖고 싸우다 청혼을 하여
사랑을 얻었고 불측한 해악도 많이 저질렀소.
그러나 혼례식은 그것과는 전혀 다른 분위기로 바꾸어
화려하고 호사스럽게 그리고 한껏 즐기게 할 것이요.

이지어스, 딸 허미아의 팔을 끌어당기며 등장. 그리고 라이샌더와 드미트리어스 뒤따라 등장.

이지어스 (예를 올리며) 고명하신 공작님께 만복이 있으소서!
테세우스 감사하오, 이지어스, 웬일인가?
이지어스 딸년 허미아가
하도 속을 썩여 고소하러 왔습니다.
드미트리어스, 이리 나오라. 공작님,
제 딸년을 주기로 승낙한 청년입니다.
라이샌더, 너도 이리 나와. 공작님,
이 자가 제 딸의 마음을 홀리게 했습니다.
라이샌더, 너, 너는 내 딸에게 사랑의 시를 보냈고
사랑의 징표가 새겨진 선물을 주고받고 하였지.
달밤엔 그 애 창문가에 살며시 다가와서

진지한 듯한 목소리로 입에 발린 거짓 사랑을 노래했고,
네 머리털로 만든 팔찌니, 반지, 값싼 물건, 애들 장난감,
쓸모없는 작은 선물, 잡것들, 꽃다발, 과자 등—
아직 마음여린 딸년을 홀릴 것을 연달아 보내며
이런 알랑수로 내 딸의 마음을 훔쳐서
순박한 아이에게 너란 자를 심어놓았다.
그래서 나에게 양순하던 그 애를
고집쟁이 애물단지로 만들어 버린 거다. 인자하신 공작님,
만약 제 딸년이 어전에서도
드미트리어스와의 결혼을 거절하면
옛적부터 내려온 아테네의 특권을 윤허하여 주십시오.
딸은 제 것이니까, 이런 경우
적용되는 아테네의 법률에 따라
딸은 이 청년과 결혼하든가 아니면 죽음을 택하든가
제가 처분할 수 있도록 말입니다.

테세우스 어떠냐, 허미아? 잘 생각해봐라.
너에게 부친은 하나님과 같으시다.
너의 아름다움을 만드신 분이다. 그러니까
너는 부친이 만든 밀랍 인형에 지나지 않느니라.
지금의 너의 자태를 판에 박은 분이고 그 모습을
그대로 두는 것도, 부수는 것도 부친의 뜻이다.
드미트리어스는 훌륭한 신사이니라.

허미아 라이샌더도 그렇습니다.

테세우스 그야 이를 말이냐.
그러나 이런 경우에 너의 부친의 승낙이 없는 처지니
드미트리어스가 더 훌륭한 남편감이란 말이다.
허미아 아버님이 소녀의 눈으로 봐주셨으면 합니다.
테세우스 오히려, 네 눈이 부친의 분별을 가져야 되느니라.
허미아 소녀를 용서해 주소서.
어떤 힘이 소녀를 대담하게 만들었는지 모르오나
이처럼 고귀하신 분들 앞에서 제 생각을 토로하는 것이
처녀로서의 정숙함에 위배되는 것이라 사료됩니다마는.
간청 드리나이다. 만일 소녀가
드미트리어스와의 결혼을 거역한다면
어떤 중벌이 내려지는지 알고 싶습니다.
테세우스 사형이거나 아니면 평생
세상 사람들과의 관계를 끊는 것이다.
그러니 허미아, 네가 진정으로 무얼 원하는지 살펴보고
아직 젊은 나이나 성급한 마음을 자제하여라.
부친의 선택에 따르지 않는다면
너는 수녀복을 입고 평생을
어두컴컴한 암실 속에 갇혀 열매를 맺지 못하는
차가운 달의 여신을 향해 찬송가를 부르며
독신녀로 살아야 하느니라.
열정을 억제하고 순결한 처녀로 일생을 보내는 것이
천복을 누리는 것이라고 할 수도 있다.

그러나 장미는 가시에 둘러싸여 외로운 행복 속에 살다가
시들어 죽는 것보다 사람의 손에 뽑혀 향수가 되고 그 향기를
남기는 것이 참으로 최고의 행복을 누리는 것이 아니겠느냐.
허미아 소녀는 그렇게 살고 그렇게 죽어갈 것입니다, 공작님,
남편에게 처녀의 순정을 바치는데 있어서도
본의 아니게 멍에를 차고서 마음이
승낙하지 않는 자에게는 할 수가 없습니다.
테세우스 천천히 생각해 보아라. 초승달이 뜨면—
나는 사랑하는 여인과 영원히 변치 않는
백년가약을 맺게 된다—
그날까지 너도 부친의 뜻을
거역한 죄로 죽음을 각오하든지
아니면 부친의 의사를 좇아 드미트리어스와 결혼을 하든지
또는 달의 여신 다이아나의 제단에서 일생을 독신으로
지내겠다는 맹세를 하든지 아퀴를 지어야 된다.
드미트리어스 사랑스런 허미아, 마음을 돌려 먹어. 라이샌더,
넌 부당한 요구를 버리고 나의 정당한 권리에 양보하라.
라이샌더 드미트리어스, 넌 부친의 총애를 얻고 있다.
허미아는 내게 맡기고, 부친과 결혼하렴.
이지어스 예끼 고얀 놈! 확실히 나는 그를 사랑하고 있다.
나의 것은 내가 사랑하는 자에게 줄 것이다.
딸은 나의 것이니까 딸에 관한 권리는 모두
드미트리어스에게 넘긴다.

라이샌더 공작님, 전 혈통이나 재산으로나 이 자에게
한 치도 꿀릴 것이 없습니다. 사랑은 제가 더 강합니다.
신분도 드미트리어스보다 낫다고는 할 수 없지만—
모든 점에서— 동등하다고 사료됩니다.
거기에다 제가 자랑할 수 있는 것은
아름다운 허미아가 저를 사랑하고 있다는 것입니다.
따라서 저의 권리를 요구할 수 있지 않습니까?
본인의 면전에서 말해주고 싶은 것인데,
이 자는 네다의 딸 헬레나를 사랑하여
그녀의 마음을 사로잡았습니다. 그리고 가련한 헬레나는
이 더러운 날탕패에게 넋을 잃고 반해서
그를 신처럼 우상화하고 받들고 있답니다.
테세우스 실은 그 이야기도 들은 바 있다.
이에 대해 드미트리어스와 얘기하려던 참이었다.
하나 내 자신의 일에 너무 매이다 보니
그만 깜빡 잊고 말았다. (일어서면서) 그런데 드미트리어스,
그리고 이지어스, 함께 가주겠나.
두 사람에게 내밀히 할 얘기가 있으니.
허미아, 너의 생각을 고쳐서
너의 부친의 뜻을 따르도록 하라.
안 그러면 아테네의 국법에 따라야 하느니—
이것은 결코 내 힘으로도 가라앉힐 수 없는 법이다—
사형이냐, 아니면 한평생 독신의 맹세를 해야 한다.

이리 와요, 히폴리타, 나의 님, 어찌 된 일이오?
드미트리어스, 이지어스, 따라오라.
나의 혼례식엔 두 사람의 수고를 빌어야 하는
일도 있고, 두 사람에 관한 일로
상의할 것도 있으니 말이다.

이지어스 예, 분부에 따르겠습니다. (허미아와 라이샌더만 남고 모두 퇴장).

라이샌더 어찌 된 거야, 내 사랑? 왜 얼굴이 몹시도 창백하지?
볼의 장미가 왜 그렇게 빨리 바래질 수 있을까?

허미아 비가 내리지 않아서 그런가 봐. 내 눈에서
지금이라도 눈물의 폭우가 쏟아질 것 같으니.

라이샌더 슬프다! (그녀를 위로하며) 책을 읽어도
지난 이야기나 역사를 통해 들어보아도
참사랑이 가는 길은 절대로 순탄치 않아.
신분의 차이가 있다든가—

허미아 싫다! 지체가 너무 높아 아랫사람과 사랑할 수 없다니.

라이샌더 나이 차로 균형이 맞지 않는다든가—

허미아 아 비정하지! 나이가 많아 젊은이와 맺어질 수 없다니.

라이샌더 또는 친척들이 선택을 좌지우지하든가—

허미아 기가 막혀! 남의 눈으로 연인을 고르다니.

라이샌더 또는 비록 결합이 이루어진다 해도
전쟁, 죽음, 질병에 마구 부딪쳐서,
사랑은 마치 음향처럼 한순간이고,

그림자같이 덧없고 꿈같이 곧 없어져.
한 순간 어두운 밤하늘을 밝게 비추고,
천지를 비추는 번개가
"보라!"고 외칠 사이도 없이
암흑의 아가리 속에 먹혀버리고 말듯이
반짝이는 것은 눈 깜짝할 사이에 부서지고 말어.
허미아 진실한 사랑이 늘 좌절을 당한다면
그건 운명이 만든 하나의 법인가 봐.
그렇다면 우리도 사랑의 앙화(殃禍)를 야멸치게 감내해봐.
사랑엔 좌절이 늘 따른다니,
상념이니, 꿈이니, 한숨이니, 소망이니, 눈물 등이
가엾은 사랑의 동반자인 거야.
라이샌더 좋은 충언이야. 그러니 허미아, 들어 봐.
내겐 많은 재산을 물려받은 미망인이신 숙모가
한 분 계시는데 아이가 없어－
아테네에서 20 마일쯤 떨어진 시골 마을에 살고 계시며－
나를 외아들처럼 사랑해 주셔.
허미아, 거기서는 결혼을 할 수 있어.
이 아테네의 준엄한 법도 거기까지는
미치지 못해. 날 진정으로 사랑한다면
내일 밤 아버지의 집을 몰래 빠져나와.
시내에서 3마일쯤 떨어진 숲에서 만나자－
언젠가 5월제의 아침

헬레나와 같이 너를 만난 일이 있었지—
그 숲에서 널 기다리겠어.

허미아 라이샌더, 가고말고.
큐피드의 가장 강한 활에 걸고 맹세해.
가장 좋은 황금 촉이 달린 화살에 걸고,
비너스의 차를 끄는 청순한 비둘기에 걸고,
혼과 혼을 맺어주고 사랑을 영글게 하는 신들에 걸고,
배반한 트로이의 아에네아스가 돛을 달고 떠나는 것을 보고
카르타고의 여왕 다이도가 분신자살을 한 불길에 걸고
지금까지 남자들이 깨뜨린 모든 맹세에 걸고—
그 수는 여자들이 약속했던 것 보다 훨씬 많지—
네가 약속한 그 장소에서
내일 밤 꼭 만날 거야.
라이샌더 약속하지, 내 사랑. 저길 봐, 헬레나가 온다.

헬레나가 복도를 지나가는 것이 보인다.

허미아 잘 있었어, 아름다운 헬레나. 어딜 가니?

헬레나 (대청으로 나오며) 아름답다고? 그런 말 입에 담지 마.
드미트리어스가 네 아름다움을 연모하고 있다.
아, 행복한 미인이여! 네 눈은 북극성, 네 혀는 달콤한 소리,
보리가 푸르고 산사나무 꽃봉오리가 화사하게 피는 무렵
목동의 귀를 간질이는 종달새 소리보다도 더 감미롭다.

병은 옮는다지. 아, 아름다움도 옮는다면,
예쁜 허미아, 당장 너의 아름다운 자태가 옮겨주면 좋겠다!
나의 귀에 너의 그 목소리를, 나의 눈에 너의 눈을,
나의 혀에 너의 감미로운 곡조가 옮겨주면 해.
온 세상이 내 것이라면 드미트리어스만 빼놓고
모두 다 네게 줄 것이야.
아, 가르쳐 줘, 어떤 눈초리로, 어떤 수단으로
드미트리어스의 마음을 뺏었는지.

허미아 얼굴을 찌푸려도 날 좋아하지 뭐니.

헬레나 아, 내 미소에 네 찌푸리는 얼굴의 매력이 있었으면!

허미아 내가 욕을 퍼부어도 날 사랑한다고 하지 뭐니.

헬레나 아, 나의 기도가 그런 사랑을 불러일으킬 수만 있다면!

허미아 미워하면 미워할수록 더욱 쫓아다니는 걸.

헬레나 연모하면 연모할수록 더욱 미워해.

허미아 헬레나, 그 사람이 본때 없게 구는 건 내 탓이 아니야.

헬레나 바로 네 아름다움 탓이야. 그 죄가 내게 있으면!

허미아 걱정 마. 이젠 그가 날 다시 만날 수 없을 테니까.
라이샌더와 난 여기를 떠날 거야.
라이샌더를 만나기 전엔
아테네가 낙원 같았는데.
그런데 내님은 무슨 마력을 가졌는지
천국을 지옥으로 바꿔 놓았어.

라이샌더 헬렌, 너에게 우리의 계획을 알려주겠어.

내일 밤 달의 여신 포이베가 그 은빛 얼굴을
거울 같은 물 위에 비추고
풀잎이 진주 같은 이슬로 장식될 무렵—
연인들이 남몰래 다녀도 드러나지 않는 그 무렵—
우리는 아테네 성문을 몰래 빠져나가기로 약속했어.

허미아 그리고 숲에 가는 거야. 종종 너와 함께
연황색 앵초 꽃을 침상삼아 누워서,
우리들의 달콤한 비밀을 터놓았지.
거기에서 라이샌더와 만나기로 했어.
그리고 아테네를 등지고
새로운 친구들, 낯선 이웃들을 찾는 거야.
잘 있어, 그리운 친구. 우리를 위해 기도해 줘.
너도 드미트리어스와 행복해지기 바래.
라이샌더, 약속을 지켜줘. 바라보는 것이 사랑의 양식이지만
내일 한밤중까지 만나지 못할 거야. (퇴장).

라이샌더 괜찮아, 허미아. 헬레나 안녕.
네가 드미트리어스를 사랑하듯 그도 널 사랑하면 좋겠다. (퇴장).

헬레나 행복이란 사람에 따라 어쩌면 이렇게도 차이가 있담!
아테네에서 나도 그 애 못지 않게 미인이라는 소문이 났었는데.
그게 무슨 상관이야? 드미트리어스가 그리 생각지 않는 걸.
다들 알고 있는 걸 그 사람만은 알려고 하지도 않아.
허미아의 눈에 끌려 넋을 잃고 있듯이
난 또 그의 인품에 반해 있는가 봐.

아무리 야비하고 사악하고 분수가 없어도
사랑은 적절한 형태와 훌륭한 모습으로 바꾸어 놓아.
사랑은 눈으로 보지 않고 마음으로 보게 되나 봐.
그래서 날개가 있는 큐피드의 그림은 늘 눈을 가리고 있잖아.
사랑의 신은 분별심이 티끌만큼도 없어.
눈은 없고 날개만 있는 것은 물불을 헤아리지 않는 성미요.
그러니까 사랑의 신을 어린 아이라고 하잖아,
사랑은 상대를 선택할 때 종종 엉뚱하게 속는다지 뭔가.
장난꾸러기 어린애들이 함부로 맹세하고 깨버리듯이,
어린이인 사랑의 신도 아무데서나 거짓 맹세를 한단 말야.
드미트리어스도 허미아의 눈을 보기 전까지는
자기의 애인은 나뿐이라고 맹세의 우박을 퍼부었어.
그런데 우박 같던 그 맹세도 허미아의 열을 받더니만
그는 흐물흐물 녹아버려 맹세의 말도 녹아버렸지 뭐야.
허미아가 도망간다고 일러줘야지.
그럼 내일 밤 그는 숲까지 그녀를
쫓아갈 거야. 이 정보를 주고 나서
고맙다고 인사를 받는다 해도 가슴 아픈 일이지만.
오가는 길에 그의 모습을 볼 수만 있어도
내 고통은 보상을 받는 거야. (퇴장).

제2장 아테네. 피터 퀸스의 집

퀸스, 보틈, 스너그, 플룻, 스나우트, 스타블링 등장.

퀸스 단원들 다 모였나?

보틈 명단에 맞춰 우리 모두를 한 사람씩 이름을 부르는 게 좋겠어.

퀸스 이 명단은 공작님 혼례식날 밤에 어전에서 할 우리들의 막간극에 잘 할만한 자들의 이름을 아테네 시내를 샅샅이 뒤져 뽑아놓은 거야.

보틈 피터 퀸스, 우선 첫째로 어떤 연극을 할 것인지를 들려줘. 배역을 발표하고서 결론을 내는 거야.

퀸스 좋아, 우리들의 연극은 「가장 슬픈 희극으로 피라머스와 시스비의 비참하기 짝이 없는 죽음」이란 거다.

보틈 아주 멋진 작품이겠다, 틀림없어, 유쾌한 연극이지. 자, 피터 퀸스, 명단을 보고 배역을 발표하지 그래. 다들, 자리에 앉아.

퀸스 호명할 테니 대답하는 거다. 직조공, 닉 보틈.

보틈 여기 있어! 내 역을 말해 주고 진행하라구.

퀸스 닉 보틈, 넌 피라머스다.

보틈 피라머스가 뭔데? 연인 역인가, 아니면 폭군 역인가?

퀸스 연인이야, 사랑 때문에 용감무쌍하게 자살하는 거지.

보틈 그 역을 멋들어지게 하면 관중들이 눈물을 펑펑 쏟게 되겠다. 내가 그 역을 맡게 되면 관객들은 자기 눈을 조심해야 할 걸! 내 연기가 눈물의 폭풍을 일으킬 테니까. 왕창 비탄에 젖게 할 거다. 자 계속하라구—하지만 난 폭군 역이 가장 적격인데 말야. 천하장사인 에르클리스 (주: 허큘리스를 잘못 발음함) 역이나 고양이를 발기발기 찢어 죽이는 그런 역이면 기막히게 해내고말고.

광란하는 바위
충격에 흔들려
옥문의 자물쇠를
산산이 부순다.
먼 곳에 태양신의 수레가
찬란히 비춰
어리석은 운명의 여신들을
우롱하고 못살게 구노라.

얼마나 장엄한가! 자 이젠 다른 배역들의 이름을 불러봐. 이건 에르클리스의 말투요, 폭군의 말투라구. 연인 역은 좀더 서글픈 거지.

퀸스 풀무수선공 프랜시스 플룻.

플룻 여기 있다, 피터 퀸스.

퀸스 플룻, 넌 시스비 역을 해줘.

플룻 시스비가 뭔데? 떠돌이 기산가?

퀸스 시스비는 피라머스가 사랑하는 여자야.

플룻 싫다구, 참말이지 여자 역은 질색이야. 나도 이제 수염이 나고 있잖아.

퀸스 그런 건 상관없어. 가면을 쓸 테니까. 될 수 있는 대로 목소리를 가늘게 하면 돼.

보틈 가면을 쓰는 거라면 시스비 역도 내가 하지. 아주 기막히게 가는 소리로 할 수 있어. 자 들어봐. "시스네, 시스네!" "아 피라머스, 나의 사랑, 너의 시스비가 여기 있어. 너의 연인이!"

퀸스 그만, 그만해 둬, 넌 피라머스를 해야 돼. 플룻, 네가 시스비야.

보틈 좋아, 진행하라구.

퀸스 재봉사 로빈 스타블링.

스타블링 여기 있다, 피터 퀸스.

퀸스 로빈 스타블링, 넌 시스비의 어머니 역이야. 다음은 땜장이 톰 스나우트.

스나우트 여기 있어, 피터 퀸스.

퀸스 넌 피라머스의 아버지 역이구. 난 시스비의 아버지야. 가구공 스너그, 넌 사자 역을 맡는 거다. 이로써 배역이 끝난 셈이다.

스너그 사자 역의 대사가 있나? 있다면 이리 줘. 난 암기하는

게 더디거든.

퀸스 즉흥으로 하면 돼. 그저 으르렁대기만 하면 되니까.

보틈 사자 역도 내가 하겠다. 관객의 가슴이 후련해지게 으르렁댈 테니. 내가 으르렁대면 공작님도 들으시고 "그 자에게 한 번 더 으르렁대게 해봐, 한 번 더!" 하고 말씀하실 걸.

퀸스 너무 무섭게 으르렁대다간 공작부인과 귀부인들이 자지러지게 놀라 비명을 지를 거야. 그렇게 되면 우린 모두 교수형감이라구.

일동 암, 우리 모두 교수형이지.

보틈 하긴 그래, 귀부인들이 정신을 잃는 날엔 가차 없이 우릴 목매다는 거야. 하지만 난 소리를 악화(주: moderate(완화시킨다)를 잘못 말함)시켜 비둘기처럼 야들야들 으르렁댈 테다. 나이팅게일이 된 듯이 짖는다 이 말씀이야.

퀸스 넌 피라머스 역 밖에 할 수 없어. 피라머스는 미남에다가 여름철에나 볼 수 있는 세상에 둘도 없는 멋진 남자야. 호남에다가 가장 신사다운 신사라구. 그러니 네가 피라머스 역을 꼭 맡아야만 돼.

보틈 그럼 해볼까. 한데 무슨 빛깔의 수염을 붙이지?

퀸스 그거야 마음대로 해.

보틈 밀짚 빛깔, 아니 주황빛으로 할까? 옳지, 짙은 자주 빛으로 할까부다. 아니 샛노란 프랑스 금화 빛 수염이 어떨까?

퀸스 프랑스 사람들 대갈통은 매독 때문에 대머리야. 그러니 너도 수염 없이 하면 어때. (종이쪽지를 그들에게 배부한다).

그건 그렇고, 자 이제 여러분이 할 역의 대사요. 그런즉 여러분께 간청하며, 요망하며, 소망하지만 내일 밤까지는 대사를 다 외워야 하고, 그리고 마을에서 1마일 떨어진 곳에 있는 궁전의 숲에서 달밤에 만나기로 한다. 거기서 연습을 하는 거야. 거리에서 만나면 사람들이 모여들어 애써 만든 우리 계획이 송두리째 드러날 테니까. 그때까지 나는 연극에 필요한 소도구의 일람표를 작성하겠다. 그럼 내일 밤 어김없이 모여야 해.

보틈 응, 어김없이 가지. 거기서라면 음탕하고 대담한 연습도 할 수 있지. 수고들 해. 완전무결하게 해보자고! 내일 만나.

퀸스 공작각하네 도토리나무 밑에서 만나는 거다.

보틈 알았다, 어떤 일이 있어도 이판사판이다. (모두 퇴장).

제 2 막

저기 둑 위에는 야생의 백리향이 마구 피어있고 취란화와 고개 숙인 제비꽃이 피어 산들 바람에 나부끼고 감미로운 향기 나는 인동덩굴이나 사향장미나 들장미가 그 위를 천개(天蓋)처럼 뒤덮고 있다.
밤이면 티타니아가 곧잘 그곳에 가서 춤과 환락에 지쳐 꽃에 싸여 잠이 들곤 한다.

•

제1장 오베론의 대사 중에서

제1장 아테네 근처의 숲

아테네에서 약 3 마일 떨어진 곳. 나무를 쳐낸 대지는 울퉁불퉁하고 이끼가 자라고 있다. 그 주위를 수목들이 빽빽이 둘러싸고 있다. 달밤.

퍽과 요정이 따로따로 들어온다.

퍽 잘 만났다, 요정이 아닌가! 어딜 가니?

요정 언덕을 넘고 골짜기 지나
가시덤불 헤치고 찔레를 지나
사냥터를 질러 울타리를 넘어
여울을 타고 불을 뚫고
달님보다 더 빨리
어디든지 달려가
풀밭에 이슬의 원을 그리며
요정 여왕님 분부를 받든다고.
키다리 앵초란은 여왕님의 근위병
황금 외투에 빛나는 것은
여왕님 선물인 홍보석
알알이 향기가 높아.
난 이슬방울을 찾으러 가야지.

이슬 따다 양취란의 귓밥에 진주 귀고리를 달아 주는 거야.
잘 있어, 까불이 요정. 나 간다.
우리 여왕님과 요정들이 곧 오실 거야.
퍽 오늘 밤 우리 임금님이 여기서 주연을 베푸신다.
여왕께선 나타나지 않는 것이 좋아,
오베론 왕은 사나우시고 진노하고 계시거든.
여왕이 인도 왕한테서 훔쳐온
예쁜 소년 때문이야—
여왕도 그렇게 귀여운 소년을 처음 봤다지 뭔가.
샘이 많은 오베론 왕은 그 소년을 빼앗아
사냥 갈 때 자기 시동으로 삼겠다는 거야.
하지만 여왕은 내놓으려 하지 않아,
화관을 씌워주고 애지중지하신다지.
그래서 두 분은 숲에서나 들에서나
맑은 샘가에서나 반짝 빛나는 별빛 아래서나
얼굴을 맞대기만 하면 싸움판이 벌어져. 시중드는 요정들도
겁을 먹고 도토리 속으로 기어들어가 숨는다지.
요정 너의 모습이나 모양새를 잘못 본 게 아니라면
넌 꾀 많은 장난꾸러기 요정,
로빈 굿펠로겠지. 네가 바로
마을 처녀들을 놀라게 하고 있잖아, 우유에 뜬 크림을
건져내거나 때로는 갑자기 맷돌을 혼자서 돌게 하면서 말야.
또 아낙네들이 숨을 죽이며 힘들게 버터를 만드는데 그것도

헛일이 되게 하고

때로는 맥주에 거품이 일지 않게 하는 것이며

밤길 가는 길손을 헤매게 하여 골탕을 먹이고는 배꼽이 빠져라 웃어대는 자가 바로 너잖아?

너를 홉고블린이니 귀여운 퍽이니 하고 불러주는 자들에게

일도 해주고 행운도 안겨주기도 한다며.

네가 그 퍽이지?

퍽 그 말이 맞다.

내가 바로 밤에 쏘다니는 즐거운 방랑자다.

나야말로 오베론 왕의 어릿광대야. 웃기는 게 일이지.

가령 암망아지모양 히힝 울어대면

원기 왕성한 살찐 수놈 말이 속아 넘어가고.

구운 사과로 둔갑하여

할망구의 술잔에 숨어 있다가

할멈이 마시려는 순간 입술을 탁 건드려

시들어진 가슴에 술을 엎지르게도 한다.

간살맞은 할멈이 아주 심각한 이야기라도 할 듯

날 세발걸상으로 착각하고 앉으려는 찰나,

그때 슬쩍 피하면 엉덩방아를 찧게 되지.

할멈은 "염병할 놈"하고 소리를 지르며 콜록콜록한단 말야.

이 광경을 보던 또래요정들은 허리를 잡고 웃어대지,

웃고 웃다가 재채기를 하면서도 이렇게

재미난 시간은 처음이라는 등 수다를 떨거든.

어서 비켜라, 요정아! 오베론 왕이 오신다.
요정 여기 여왕님도. 왕께서 그냥 지나가시면 좋으련만!

요정의 왕 오베론이 요정들을 데리고 한쪽에서 등장. 티타니아 여왕도 다른 쪽에서 요정들을 데리고 등장.

오베론 달밤에 재수 없이 만났다, 거만한 티타니아.
티타니아 아니, 샘 많은 오베론이다! 요정들아, 어서 가자.
난 이분과 동침은 고사하고 가까이도 하지 않기로 맹세했다.
오베론 잠깐, 한심한 고집쟁이! 난 당신의 남편이 아닌가?
티타니아 그럼 난 당신의 부인이겠지. 그러나 당신은
몰래 요정나라에서 빠져나가
목동 코린으로 변신해선 온종일
보리피리를 불어주고 사랑의 노래를 불러주며
바람둥이 처녀 필리다를 꼬시고 있었어. 어째서 이 곳에 왔지,
먼 땅끝 인도에서 이곳으로 왜 돌아왔느냐고,
필시 저 오만스런 아마존의 여왕,
가죽장화를 신은 당신의 연인이자 여장부를
테세우스와 결혼시키기 위해서며 그 신방에
기쁨과 번영을 주기 위해서겠지.
오베론 티타니아, 너무나 염치가 없다,
나의 히폴리타에 대한 신뢰를 그렇게 넘겨짚다니,
당신이 테세우스를 좋아하는 걸 내가 알고 있음을 알면서도.

그자가 겁탈해서 아내로 삼은 페리구나를 버린 것도
달 밝은 밤에 당신이 그자를 꾀어냈기 때문이 아닌가?
아름다운 아이글레스와의 언약을 깨트리게 하고
아리아드네와 안티오파를 버리게 한 것도 당신이지?
티타니아 그런 건 모두 시샘 때문으로 조작해 낸 헛소문이요.
초여름에 접어들면서 당신은
언덕에서나 산골짜기에서나 숲에서나 목장에서나
자갈이 깔린 샘에서나 억새풀이 우거진 시냇가에서나
또는 바닷가 모래톱에서나 어느 곳이든 꼭 나타나서
산들바람에 맞추어 우리가 강강술래를 추면
악다구니로 흥을 찢어발기곤 했지.
그러니 들바람인들 그 피리소리가 헛것이 되자
원한에 찬 앙갚음으로 바다에서 독기에 찬 안개를
품어다가 땅에다 빗줄기로 퍼부어
작은 개울도 둑을 넘쳐흘러
대지는 온통 물투성이가 된 것이요.
그러니 황소가 굴레를 끈 것도 헛일이고,
농부들이 비지땀을 흘린 것도 수포로 되고, 파릇파릇한 밀은
이삭도 움트기 전에 썩어 문드러지고.
물이 찬 들판엔 양우리가 텅텅 비게 되었고,
까마귀들만 병사한 가축 시체에 덤벼들어 배를 불리는 거요.
모리스 놀이 때문에 파놓은 길은 진흙으로 뒤덮였고,
자랄 대로 자란 풀밭에 만들어 놓은 미궁 길도

지나는 사람이 없어 어디가 어딘지 분간 할 수 없게 됐어요.
그래서 사람들은 여름에 겨울의 잔치를 그리워해요.
그러니 밤에 부르는 찬송가도 축가도 들을 수 없어요.
밀물 썰물을 다루는 달의 여신도
노여움으로 파리해지고, 대기에 습기가 가득 차게 하여
류마티스가 기승을 부리게 됐어요.
이런 기후의 이변으로 사계절이
망령이 들었는지 때 아닌 백발 같은 서리가
진홍빛 장미 꽃봉오리에 내리는가 하면
동장군의 차디찬 대머리를 놀려대듯
향기로운 여름의 꽃망울이
화관같이 장식돼요. 봄, 여름,
결실의 가을, 엄동설한, 이 네 계절이 모두 낯익은 옷을
바꿔 입었으니, 세상 사람들은 혼돈 속에 계절의 모습만
보고서는 지금이 어느 계절인가 분간할 수 없게 되었어요.
이런 여러 가지 흉사가 일어난 것도
바로 우리들의 싸움 때문이고 불화 때문이에요.
우리들이야 말로 그들을 낳게 한 부모요, 원천이란 말예요.
오베론 그렇다면 당신이 회개해. 당신이 잘못한 일이니까.
왜 티타니아가 남편인 오베론에게 거역하고 나서는가?
난 다만 그 어린 아이를 시동으로 달라고
부탁하는 것뿐인데.
티타니아 고정하시죠.

그 아이는 요정의 나라 전부를 준다 해도 바꿀 수 없어요.
그 애의 어머니는 나의 신자였고,
향기로운 바람이 감도는 인도에서 밤이 되면
늘 내 옆에서 이야기를 해주곤 했어요.
바닷가의 노란 모래밭에 나란히 앉아서
조류를 타고 항해하는 상선을 바라보며
그 돛이 들뜬 바람을 잔뜩 안아 아이를 밴 것처럼
불룩해진 것을 보고는 허리를 잡고 웃곤 했죠.
예쁜 걸음걸이로 쏘다니며
그때 벌써—그 애를 잉태하고 있을 때였지만—
돛단 상선을 흉내 내서 그 뒤를 쫓아다니며
상선들이 상품을 잔뜩 싣고 항해에서 귀항해 오듯이
여러 가지 물건을 주어다 내게 갖다 줬죠.
그러나 그녀도 인간이라 그 아이를 낳다가 그만 죽었어요.
그 애 어머니를 봐서라도 그 애를 기르는 거요.
그 여자를 위해서도 그 아이를 떼놓을 순 없단 말이에요.
오베론 이 숲에 얼마나 머물러 있을 셈이지?
티타니아 아마 테세우스 공작의 혼례식이 끝날 때까지.
당신이 얌전히 우리들과 윤무를 추고
달 밝은 밤에 향연을 보고 싶다면 같이 가시죠.
그것이 싫다면 어디로든지 가버려요. 난 상관도 안 할 테니까.
오베론 그 애만 준다면 따라가리다.
티타니아 요정의 나라를 준다 해도 거절한다. 요정들아, 가자!

이 이상 더 있다가는 또 싸우게 될는지 몰라. (티타니아, 분노하여 일행을 데리고 퇴장).

오베론 염병할, 갈 테면 가라. 이 모욕에 대한 앙갚음을
할 때까지는 이 숲에서 한발자국도 빠져나가지 못한다,
귀여운 퍽, 이리 오너라. 넌 기억할 거다,
언젠가 내가 바닷가 갑(岬)의 끝에 앉았던 때 일을.
난 인어가 돌고래 등에 앉아 노래하는 것을 들었어.
어찌나 감미롭고 아름다운 노래였던지
거센 바다도 잠잠해지고
하늘의 별들도 바다 처녀의 노랫소리를 들으려고
미친 듯이 하늘에서 뛰어내려 왔다.

퍽 기억하고말고요.

오베론 그때 보았어—넌 못 보았을 테지만—
큐피드가 차가운 달과 지구 사이를 날며
활을 겨누던 것을. 서쪽 옥좌에
앉아 있는 아름다운 처녀의 신 베스타를 표적으로 삼아 쏘았다.
힘차게 달려 나간 사랑의 화살은
천만의 심장을 뚫을 듯 하였으나
불타는 듯한 큐피드의 화살도
윤기에 찬 달의 청순한 빛에 식어버리고,
처녀의 왕은 그대로 지나가버린 것이다.
청순한 생각에 잠겨 사랑에 마음을 빼앗기지도 않으면서.
난 큐피드의 화살이 떨어진 곳을 눈여겨보아 두었다.

서쪽 작은 꽃 위에 떨어졌다. 그때까진
순백이었지만 지금은 그 꽃이 사랑의 상처를 입어
진홍빛으로 물들었다—
처녀들은 '팬지'라고 하지.
꽃을 가져오너라— 전에 너에게 보여준 바 있다.
꽃의 즙을 잠자는 자의 눈꺼풀에 떨어뜨리면
여자나 남자나 잠을 깨는 순간
첫 눈길에 닿는 사람을 미칠 듯이 사랑하게 된다.
자, 꽃을 가져오너라. 고래가 3마일을
헤엄치기도 전에 바로 다녀와야 한다.
퍽 사십 분이면 이 지구를 한 바퀴
돌 수 있답니다. (곧 사라진다).
오베론 꽃 즙을 갖게 되면
티타니아가 잠자는 틈을 타서
눈에 떨어뜨려야지.
깨어나자 처음 보는 것을—
그것이 비록 사자든, 곰이든, 늑대든, 황소든,
촐랑대는 원숭이든, 장난꾸러기 원숭이든—
미친 듯이 사랑하며 쫓아다닐 테지.
마법을 그녀의 눈에서 풀어주기 전에
—그건 다른 꽃 즙을 사용하면 되는 일이지만—
그 시동을 내게 바치게 하는 거다.
어, 누가 오는가? 내 모습은 사람들 눈엔 보이지 않으니까 어디 그들의 얘길 엿들어보자.

드미트리어스, 공터에 들어선다. 헬레나 뒤따라 등장.

드미트리어스 난 널 사랑하지 않아, 그러니 따라오지 마.
라이샌더는 어디 있어, 그리고 아름다운 허미아는?
한 놈은 꼭 내가 죽일 것이다, 그런데 또 하나가 날 죽이겠지.
두 사람이 이 숲으로 도망쳐 왔다고 했지?
그래서 나도 이 숲으로 쫓아 왔지만,
허미아의 모습은 보이지도 않고 나무뿐이니 미칠 지경이야.
어서 꺼져, 더 이상 쫓아오지 마라.
헬레나 네가 날 끌어당기는 걸, 인정도 없는 자석의 남자야!
하나 네가 끌어당기는 것은 강철이 아니라 강철처럼
진실한 내 심장이야, 끌어당기는 힘을 버려봐.
그러면 나도 따라다닐 힘이 없어지고 말 거야.
드미트리어스 내가 유혹한다는 거냐? 달콤한 말이라도 했나?
널 사랑하지도 않고, 사랑할 수도 없다고
솔직히 말했잖아?
헬레나 그렇게 말해주는데도 더욱 사랑하게 되는 걸.
난 너의 스파니엘, 그러니까 드미트리어스,
네가 때리면 때릴수록 더 아양을 떨 거야.
어쨌든 너의 스파니엘로 길러줘. 발길질을 하든, 때리든
무시하든, 모르는 척 하든 아무래도 좋아.

다만 비록 하찮은 계집이지만 너를 따르도록만 해줘.
네 마음속에 이렇게 미천한 자리라도 있으면 좋아—
그것도 나에겐 지체 높은 자리야—
개와 같은 대접을 받아도 좋다니까.

드미트리어스 너를 미워하게 만들 헛소리는 그만 엮어대.
네 낯짝을 보기만 해도 진저리가 나.

헬레나 난 널 못 보면 진저리가 나.

드미트리어스 넌 여자의 정숙함을 의심하게 한다.
시내를 떠나서 너를 사랑해주지도 않는
사나이 손에 몸을 맡기다니.
더구나 무슨 일이 일어날지 모르는 한밤중에
부정한 일이 일어날 으슥한 곳에서
소중한 처녀의 보석을 맡기다니.

헬레나 너의 인덕이 나의 보호자야. 그 때문에
너의 얼굴만 보면 밤도 밤이 아니야.
그러니까 지금도 밤이라고는 생각 안 해.
그리고 이 숲 속은 전혀 허전한 곳이 아니야.
넌 나에게 온 세상이니까.
그러니 이렇게 온 세상이 날 보고 있는데
어찌 내가 외로울 수 있겠어?

드미트리어스 난 도망치겠어, 덤불 속에 숨어 버릴 거야.
너 같은 것 날짐승들이 잡아먹을 거야.

헬레나 제아무리 맹수라도 너처럼 매정하진 않아.

마음대로 도망쳐. 옛날얘기의 거꾸로야.
아폴로는 달아나고 다프네가 쫓게 되는 것이니.
비둘기가 괴조를 쫓고 순한 암사슴이 호랑이를 잡으려고
마구 달리는 거야—달려도 허탕만 치는 거겠지.
강한 쪽이 달아나는데 겁보가 쫓아가는 것이니까.
드미트리어스 입씨름할 순 없어. 가겠어,
한사코 따라온다면 숲 속에서 혼줄
낼지도 모르니 그리 알라구.
헬레나 그래, 넌 신전에서도, 마을에서도, 들에서도
나를 괴롭혔어. 한심해, 드미트리어스!
네가 한 짓은 여성 전체에게 모욕을 주는 거야.
우리 여성은 남자처럼 싸워서 사랑을 차지할 수 없어.
사랑의 호소를 받아만 왔지 그걸 할 수는 없게 돼 있어. (드미트리어스 퇴장).
너를 따라갈 테야, 사랑하는 사람의 손에 죽을 수 있다면
지옥의 고통도 천국의 즐거움이 될 거야. (퇴장).
오베론 잘 가라, 숲의 예쁜이. 그자가 이 숲을 떠나기 전에
네가 도망치고, 그자가 널 죽자 살자 따를 거다.

퍽 다시 등장.

수고했다, 방랑꾼, 그 꽃을 가져 왔느냐?
퍽 예, 여기 가져 왔습죠.

오베론 이리 다오.
저기 둑 위에는 야생의 백리향이 마구 피어 있고
취란화와 고개 숙인 제비꽃이 피어 산들바람에 나부끼고
감미로운 향기 나는 인동덩굴이나 사향장미나
들장미가 그 위를 천개(天蓋)처럼 뒤덮고 있다.
밤이면 티타니아가 곧잘 그곳에 가서 춤과
환락에 지쳐 꽃에 싸여 잠이 들곤 한다.
그 곳에서 뱀은 윤이 나는 껍질을 벗어버리고
요정들의 몸을 감싸줄 큰 옷을 놓고 가는 거다.
바로 그때다, 꽃 즙을 그녀의 눈에 발라주는 거다.
그녀는 흉악한 환상에 사로잡히게 될 거다.
너도 조금 가지고 가서, 이 수풀 속을 헤매며 찾아보아라.
어여쁜 아테네의 처녀가 거드럭거리는 한 젊은이를
사모하고 있다. 그러니 그 청년의 눈에도 이걸 발라 주어라.
조심할 건 그 청년이 깨어서 처음 보는 것이
꼭 그 처녀여야 한다. 청년은
아테네의 옷을 입었으니 곧 찾을 수 있다.
조심스럽게 하라, 여자가 사랑하는 것 이상으로
그 청년이 더 하도록 해야 한다.
그리고는 새벽닭이 울기 전에 돌아오너라.
퍽 염려 마세요. 임금님, 분부대로 합니다요. (두 사람 헤어진다).

제2장 숲 속 다른 곳

큰 도토리나무 앞의 잔디밭. 그 나무 뒤에는 높은 둑이 있고 덩굴이 늘어져 있다. 그 한쪽은 가시덤불. 꽃향기가 자욱하다.

티타니아 둑 밑 나무그늘에 누워 있다. 요정들이 시중들고 있다.

티타니아 자, 원무를 추어라, 요정의 노래도 불러다오.
그리고 나선 20 초쯤 저리 가 있어라.
누군가는 사향장미꽃 봉오리 속의 자벌레를 죽여다오.
또 누군가 박쥐와 싸워 그 가죽 같은 날개를 떼어 오라,
작은 요정들의 상의를 만들어주고 싶으니. 그리고 또
밤마다 부우부우 울어대어 나의 귀여운 요정들을
놀라게 하는 시끄러운 부엉이를 쫓아내다오.
자, 잠들게 노래를 불러라.
그리고는 가서 맡은 일을 하여라. 난 쉬어야겠다.

요정들의 노래

요정 1 쌍 혓바닥의 얼룩 뱀아
가시 돋친 고슴도치야 얼씬도 하지마라.

도롱뇽과 도마뱀아 장난을 치지마라
우리 여왕님 곁에 오지도 마라.

합창단 나이팅게일이여, 아름다운 가락으로
달콤한 자장가를 불러주렴.
룰라 룰라 룰라바이 룰라 룰라 룰라바이.
재앙도
주문도 요술도
우리 여왕님 곁에서 떨어져 있어라.
좋은 꿈을 꾸어요, 룰라바이.

요정 1 그물거미들아 가까이 오지도 마라.
긴 다리 거미들아 저리 가라.
까만 딱정벌레들아 얼씬 마라.
벌레들도 달팽이들도 물러가거라.

합창단 나이팅게일이여, 아름다운 가락으로
달콤한 자장가를 불러주렴.
룰라 룰라 룰라바이 룰라 룰라 룰라바이.
재앙도
주문도 요술도
여왕님 곁에서 떨어져 있어라
좋은 꿈을 꾸어요, 룰라바이. (티타니아 잠든다).

요정 1 자 물러가자. 다 잘됐어.
한 명은 보초를 서는 거야. (요정들 살며시 퇴장).

오베론 나타나서 둑 위를 훨훨 날아다닌다. 내려와서 티타니아의 눈에 꽃 즙을 바른다.

오베론 무엇이든 잠에서 깨어나서 보이는 것이
너의 진정한 연인이다.
사랑에 미쳐 속 좀 썩혀라.
살쾡이건 고양이건 곰이건
표범이건 털이 선 산돼지건
잠에서 깨어나 너의 앞에 처음 나타나는 것,
그것이 바로 너의 연인이란 말이다.
흉악한 것이 나타나면 어서 깨어나라. (퇴장).

라이샌더와, 그의 팔에 기댄 허미아 등장.

라이샌더 예쁜 님, 숲 속을 헤매다 보니 기진맥진했지.
사실을 말하면 나도 길을 모르겠어.
너만 괜찮다면 우리 좀 쉴까 해, 허미아,
즐거운 아침이 오기까지 기다리는 거야.
허미아 그것 좋아, 라이샌더. 자기 잠자리 마련해.
난 이 둑을 베개 삼아 잘 테니까.

라이샌더 잔디 한 아름이면 우리들 베개로 충분해.
마음도 잠자리도 하나, 가슴은 둘이 돼. 진실은 하나잖아.
허미아 안돼, 라이샌더. 부탁이야,
저만큼 떨어져 누워, 가까이 오지 마.
라이샌더 부탁한다, 사심이 없는 내 속 좀 알아 줘.
사랑은 서로의 이야기를 주고받고 색이는 거야.
내 마음은 네 마음에 엮어졌다는 뜻이라고.
그러니 우리의 마음은 하나라고 할 수 있잖아.
또 우리 둘의 가슴은 하나의 맹세로 주고받은 거야—
그러니 가슴은 둘이지만 진실은 하나지,
제발 네 곁에 눕게 해줘,
옆에서 잔다고 해서 결코 배신할 짓은 안할 테니.
허미아 라이샌더, 말재주는 대단하시네.
라이샌더가 배신한다고 허미아가 말한다면
나야말로 버릇없고 하찮은 여자가 되겠지.
그러나 친절한 벗, 사랑과 예절을 위해
떨어져 있어, 인간의 도리로서 말야.
순결한 미혼 남녀에 적합하다고
떳떳이 말할 수 있을 만큼의 거리를 두었으면 해.
그래, 그만큼 떨어져. 그럼 잘 자, 그리운 내 님.
생명이 있는 한 너의 사랑이 변치 말기를!
라이샌더 아멘. 아멘, 너의 아름다운 기도에 내 마음을 바친다.
네 마음이 변하면 내 생명이 끝나는 거야! (두 사람 약간 거리를 둔다).

난 여기서 자겠다. 잠이여, 너에게 안식을 주사이다.

허미아 그 소원의 반은 내님에게 가소서. (두 사람 잠이 든다).

퍽 등장.

퍽 숲 속을 이 잡듯이 뒤져도

아테네인의 코빼기도 찾을 수 없다.

이 꽃 즙을 그자 눈에 발라

사랑을 일으키나 시험해 봐야겠는데.

참 기똥차게 고요한 밤이다! 이거 누구냐?

아, 이 사람이 아테네인의 복장을 했다.

옳지, 바로 이 자다, 왕께서 말씀하신

아테네의 처녀를 능멸한다는 자.

아니 그 처녀가 이 습하고

더러운 땅바닥에서 깊이 잠들어 있군,

가엾기도 해라! 옆에 가지도 못 하잖아.

이 인정사정 없는 놈, 예절도 없는 녀석. (라이샌더의 눈두덩에 꽃 즙을 바른다).

이 건방진 놈, 네 눈깔에

이 사랑의 마법을 걸어 준다.

깨어나면 안절부절 잠도 못 자고

사랑에 넋을 잃게 될 것이다.

자 내가 사라지면 눈을 떠라.
오베론 왕께 보고해야겠다. (퇴장).

드미트리어스와 헬레나, 뛰어온다.

헬레나 가지 마, 날 죽여도 좋다니까, 드미트리어스!
드미트리어스 저리 가, 제발 졸졸 쫓아다니지 마.
헬레나 날 어둠 속에 내버려 두려고 해? 그러지 마라.
드미트리어스 거기에 있어, 혼 좀 나봐. 난 혼자 가는 거야. (헬레나로부터 도피하며 숲 속으로 사라진다).
헬레나 아, 숨이 차 죽겠어, 어리석게 뒤만 쫓아오고 있으니.
기도를 하면 할수록 받는 혜택은 줄어들지 뭐야.
허미아는 행복도 하지, 어디 있을까?
사람을 매혹시키는 예쁜 눈을 가지고 있어.
어쩌면 그렇게도 영롱할까? 짜디 짠 눈물 탓이 아니야.
눈물이라면 내 눈이 그녀보다 더 많이 흘렸는걸.
그게 아냐, 아냐, 내가 곰같이 못 생긴 거야,
짐승들도 날 보면 질겁해 달아나지 뭐야.
그러니 드미트리어스가 나를
괴물을 본 것처럼 빼소니치는 거야.
내 거울은 사악한 거짓말쟁이야,
내 눈과 샛별 같은 허미아의 눈과 비교를 하게 하다니?
아니, 이게 누구야? 라이샌더네! 땅바닥에!

죽었나? 아니면 자는 걸까? 피도 흘리지 않는다, 상처도 없다.
라이샌더, 살아 있다면 일어나 봐!

라이샌더 (벌떡 일어나며) 예쁜 너를 위해서라면 불속이라도 뛰어들겠어.
찬란하게 예쁜 헬레나! 너의 가슴을 통해 너의 마음속을
볼 수가 있으니 바로 이것이 자연의 마법이야.
드미트리어스는 어디에 갔지? 아, 그 간악한 이름,
내 칼에 맞아 죽어도 쌀 놈이지!

헬레나 그렇게 말하지 마, 라이샌더. 그러면 안돼.
그가 허미아를 사랑한다고 해도, 그게 어쨌다는 거야?
허미아는 너를 사랑하잖아. 그러면 만족해야지.

라이샌더 허미아로 만족하라구! 천만에,
그 애와 지낸 일은 생각만 해도 지겨워.
내가 사랑하는 건 허미아가 아니라 헬레나야.
까마귀를 비둘기와 바꾸지 않을 사람이 어디 있겠어?
남자의 욕망은 이성에 의해 지배되는 거야.
내 이성이 네가 더 훌륭하다고 하고 있어.
모든 것은 때가 올 때까지 익지 않아,
나도 그래, 내 이성 역시 성숙하기까진 풋내기였던 거야.
이제 겨우 인간으로서의 분별을 갖게 되어
이성은 내 욕망의 지배자가 되고.
나를 너의 눈으로 인도한 거야. 거기서 나는
진실한 사랑의 책자에 쓰인 사랑의 이야기를 읽었어.

헬레나 무슨 마가 꼈기에 이런 잔인한 수모를 당해야 하지?
너에게 무슨 모욕을 주었다고 이런 괄시를 하는 거야?
너무 해, 정말 너무 해,
난 드미트리어스에게서 한번도 다정한 눈길을
받아보지 못한 것도 한이 되는데
너마저도 날 이렇게 못났다고 모욕을 해?
정말 너무해, 내게 너무 하는 거야— 정말로 너무하다고—
그렇게 능멸하는 어투로 구애를 하다니.
그만 가겠어. 사실을 말할 것 같으면
그래도 너는 좀더 착한 사람인 줄 알았어.
아, 한 남자한텐 버림을 받고, 그렇다고
다른 남자한텐 멸시를 당하다니! (퇴장).
라이샌더 허미아를 보지 못했군. 허미아, 거기서 자고 있어.
다시는 이 라이샌더에게 가까이 오지 마라.
단것을 게걸스럽게 먹으면
위가 지겹다고 야단이지.
사교에 빠졌던 자가 깨닫고 나면
잘못 믿어온 그 사교를 무섭게 증오하게 된다.
네가 그렇다, 너는 포식한 요리고, 사교였다.
만인이 너를 증오해도, 내가 가장 심하게 할 것이다!
자 전력투구, 내 사랑과 힘을 다하여, 이제
헬레나를 숭배하고 그녀의 기사가 되는 거다. (헬레나의 뒤를 좇는다).

허미아 (잠에서 깨어난다). 사람 살려, 라이샌더, 사람 살려!
이 독사가 가슴에서 기고 있어, 어서 떼어 줘!
아이구 무서워! 무슨 꿈이 이래!
이것 좀 봐, 라이샌더, 겁이나 온몸이 떨고 있잖아!
독사가 내 심장을 물어뜯어 먹으려 하는데,
너는 잔혹한 독사의 먹이가 된 나를 웃으며 보고만 있었어.
라이샌더! 가버렸나?—라이샌더! 이것 봐!
내 말 안 들려? 어디 갔나? 소리도 없고 말도 없잖은가?
너무 하다, 어디 갔었어? 들린다면 말 좀 해봐.
제발 말 좀 해봐! 아이 무서워 기절하겠네.
대답이 없군? 아마 가까이 있지 않은가 봐.
내가 죽거나 널 바로 찾아내거나 둘 중의 하나다. (퇴장).
(티타니아는 누워서 계속 잠자고 있다).

제 3 막

어리석은 어릿광대짓을 구경하실까요?
인간은 참으로 바보랍니다!

•

제2장 퍽의 대사 중에서

제1장 숲

티타니아는 잠들어 있다. 퀸스(보따리를 들고 있다), 스너그, 보틈, 플륫, 스나우트 및 스타블링이 각각 또는 짝지어 들어와서 도토리나무 밑에 모인다.

보틈 다들 모였는가?

퀸스 시간 엄수, 다 모였다. 여긴 연습장소로 안성맞춤이잖은가. 이 풀밭을 무대로 하고 분장실은 이 산사나무 덤불로 한다. 정말 공작님 앞에서 하는 기분으로 해야만 돼.

보틈 피터 퀸스!

퀸스 왜 그래, 보틈 대장?

보틈 「피라머스와 시스비」의 희극엔 몇 군데 어색한 곳이 있어. 첫째 피라머스가 칼을 뽑아서 자살하는 장면인데, 아마 귀부인들은 오싹할 거다. 네 생각은 어떤가?

스나우트 그도 그래, 간이 졸아들겠지!

스타블링 그렇다면 자결장면은 빼버려야 하잖아.

보틈 그럴 건 없어. 묘안이 있지. 서사(序詞)를 붙여 줘. 서사에서 칼을 쓰되 상처도 안 낼 것이고 피라머스는 사실은 죽지 않습니다, 하고 미리 말하지 뭐. 다짐해서 이렇게 말해 준다구. 나 피라머스는 피라머스가 아닙니다, 실은 직조공 보틈입니다.

이쯤 털어놓으면 무서워하지 않을 거다.

퀸스 알았어, 그런 서사로 하지. 그리고 팔육조(八六調)로 하는 거야.

보틈 아냐, 둘을 늘려서 팔팔조(八八調)로 하자구.

스나우트 귀부인들이 사자를 무서워하지 않을까?

스타블링 그야 무서워하고말고.

보틈 여러분, 이건 심사숙고감이어야 해—어처구니없게—사자를 귀부인들 앞에 내놓는다니 당치도 않아. 살아있는 사자같이 무서운 맹수가 어디 있나. 우리는 이 점을 생각해야 한단 말야.

스나우트 그러니까 서사를 하나 더 보태서 사자도 진짜가 아니라고 알려야 해.

보틈 그럴 게 아니라 배우의 이름을 대는 거다. 사자의 모가지 밖으로 얼굴 반쪽을 빠끔히 내놓고 이렇게 지껄인단 말야. "숙녀 여러분" 또는 "아름다우신 숙녀 여러분—소원이 있습니다." 또는 "바라옵건대" 혹은 "간청합니다만—겁내지 마세요. 떨지 마세요. 제 목숨을 걸고 보증합니다요. 만일 여러분이 여기에 나온 저를 진짜 사자로 아신다면 제 일생의 유감입니다. 저는 절대로 그런 것이 아닙니다. 전 다른 사람처럼 사람입니다." 그러고 나서 이름을 대버린단 말야. 가구공 스너그라고 분명히 말하는 거야.

퀸스 그게 좋겠군. 그리고도 두 가지 골치 아픈 게 있어. 즉 하나는 궁전의 대청에 어떻게 달을 가져오느냐 하는 거야. 왜냐

하면 피라머스와 시스비는 달밤에 만나거든.

스나우트 연극하는 날 밤에 달이 비칠까?

보틈 달력을, 달력을 가져와! 들여다 봐, 달이 뜨나 찾아봐, 달이 뜨나 보란 말야.

퀸스 보따리에서 달력을 꺼내 살펴본다.

퀸스 응, 그날 밤에 달이 뜬다구.

보틈 그럼 연극을 하는 대청의 창문을 열어놓으면 돼. 달빛이 창으로부터 비쳐들테니까.

퀸스 그럴테지, 그렇지 않으면 누군가가 가시덤불과 초롱불을 들고 들어와서 말하는 거야, 전 달빛을 볼꼴 사납게 합니다(주: figure(나타낸다)의 뜻을 잘못 말함) 아니, 달빛으로 분장한 사람입니다 고 하면 되고 또 한 가지 문제가 있어. 대청에 돌담을 가져오는 거야. 애기 줄거리엔 피라머스와 시스비는 돌담 틈을 통해서 말하게 돼 있으니 말야.

스너그 돌담은 가져올 수 없지. 어떤가, 보틈?

보틈 누군가가 돌담이 되는 거지. 온몸에 회반죽이나 진흙, 초벌 흙을 바르고 나오면 돼. 그럼 돌담인 줄 알 거구. 그리고 손가락을 이렇게 벌리고 서서, (손가락을 벌려 보인다) 피라머스와 시스비가 그 틈 사이로 소곤댄단 말야.

퀸스 그것으로 좋다면야 더 걱정할 것도 없다. (연극 대본을 꺼내서 펴 보인다).

자 다들 앉아. 연습으로 들어가자. 피라머스, 너부터 시작해. 대사를 엮어낸 다음엔 저 덤불 속으로 들어가. 다들 자기의 역할대로 하는 거야.

퍽이 도토리나무 뒤에서 나타난다.

퍽 상스러운 촌것들이 여기서 거드럭거리지?
여왕님이 쉬고 계신 바로 옆에서.
얼씨구, 연극을 연습하나? 어디 구경 좀 해 보자—
경우가 맞으면 내가 한몫 끼어도 좋지.

퀸스 피라머스, 대사를 하라구. 시스비, 나오고.

보틈 "시스비, 꽃향기가 악덕하게(주:odorous(향기로운)이라고 말해야 할 것을 잘못 말함) 풍기고,"—

퀸스 (대본을 들여다보면서) 향기롭게야, 향기롭게!

보틈 (피라머스처럼)—"향기가 그윽하게 풍기는데, 사랑하는 님이여,
당신의 입김도 향기로워. 나의 사랑하는 님, 시스비.
아이구, 사람의 소리가 난다! 여기서 잠시 기다리고 있어.
금세 갔다 온다." (덤불 속으로 들어간다).

퍽 이런 괴상야릇한 피라머스는 처음 본다! (보틈의 뒤를 좇아간다).

플룻 이젠 내 차렌가?

퀸스 음, 네 차례야. 알아둬, 피라머스는 소리 나는 것을 보러

갔을 뿐이고, 곧 돌아올 거야.

플룻 "햇빛같이 찬란한 피라머스님, 백합같이 흰 살결,
무성한 장미 덤불 위에 붉은 장미같이 화사한 볼,
패기 넘치는 젊은이, 사랑스럽기 그지없는 그대여,
피곤함을 모르는 준마다우신 님,
닌니의 무덤 앞에서 기다리겠어요. 피라머스님."

퀸스 "나이너스의 무덤이야!" 이 사람아! 아직 그 대사를 말해서는 안돼. 그건 피라머스한테 답변하는 대사니까. 그걸 한꺼번에 다 해버리면 어떻게 하나, 대사고 무어고 간에 불문곡절이니." 피라머스, 등장한다. 이제 다시 하는 거다. "피곤함을 모르는"의 대사에서 나오라구.

플룻 아 그래,—"피곤함을 모르는 준마다우신 님."

보틈이 머리에 당나귀 탈을 쓰고 덤불에서 나온다. 퍽 뒤따른다.

보틈 " 시스비, 내가 그렇게 잘 생겼다면 그 모든 건 진정 그대의 것이오."

퀸스 으와, 괴물이다! 이거 큰일 났다! 귀신이 나왔다! 기도드려, 직공들아! 모두 다 도망쳐!— 사람 살려! (퀸스, 스너그, 플룻, 스나우트, 스타블링 도망쳐 덤불 속에 숨는다).

퍽 저 놈들을 쫓아가. 뱅뱅 돌게 해주지.
늪을 지나, 수풀을 헤집고, 덤불을 넘고, 찔레를 헤쳐
쏘다니는 거다. 나야 말도 되고, 사냥개도 되고,

돼지도 됐다가, 머리 없는 곰도 됐다, 또 불꽃도 되면서. 말이면 힝힝, 개라면 멍멍, 돼지면 꿀꿀, 곰이면 으르렁, 불처럼 활활 타기도 하자. 뭐든지 변신하는 거다. (퍽이 그들을 쫓아간다).

보틈 왜 모두가 도망가? 놈들이 나를 겁주려고 장난치는 거겠지.

스나우트 덤불 속에서 내다본다.

스나우트 아니 보틈, 넌 변했어! 그 머리가 무슨 꼴인가?

보틈 무슨 꼴이라니? 너처럼 당나귀 대가리 꼴이지 뭐야. (스나우트 퇴장).

퀸스, 살그머니 돌아온다.

퀸스 저런, 보틈! 가엾어라! 네 모습이 생판 달라졌어! (돌아서더니 도망친다).

보틈 놈들의 장난이 틀림없어! 날 얼간이 당나귀로 만들어서 한탕 겁주려는 심보란 말이겠다. 그렇지만 난 여기서 끄덕도 안한다. 마음대로 해봐. 여기서 걸어 다니면서 노래나 불러야지, 놈들에게 내가 무서워하지 않는다는 걸 알려주는 거야. (코에서 숨이 끊어질듯 노래를 부르며 이따금 당나귀 같은 콧소리를 낸다). (노래한다)

황갈색 부리에 깃털이 새까만
수컷 지빠귀야,
노래 잘하는 개똥지빠귀야,
노랫소리 가냘픈 굴뚝새야.

티타니아 (잠자리에서 깨어나며) 어떤 천사가 꽃 침대에서 자는 나를 깨울까?

보톰 (노래한다)

방울새야 참새야 종달새야
미욱하게 노래하는 잿빛 뻐꾹새야
새서방질 한다고 울어대도
남편들은 꿀 먹은 벙어리—

—그렇고 말고, 그런 미욱한 새와 누가 지혜를 겨루겠는가? "새서방질 하네."하고 울어대 봤자 새보고 거짓말 한다고 대꾸할 수도 없단 말야.

티타니아 친절하신 분, 다시 한번 노래 해주어요!
제 귀는 당신 노래에 반했어요.
제 눈은 당신 자태에 홀렸고요.
당신의 아름다운 인품의 힘이 아마 절 감동시켰나 봐요.
첫눈에 당신을 사랑한다고 맹세하고 싶어요.

보틈 부인, 이성을 가지신 분의 말씀이라고 이해할 수가 없군요. 하기야— 정확히 말해서 요즘 이성과 사랑이 딴전을 부리지만요— 더욱이 유감스럽게도 이 양자를 의좋게 해줄 선량한 이웃도 없는 세상이기도 하고요. 하기야 이 사람도 때에 따라선 이만한 농담을 곧잘 씨부렁거리죠.

티타니아 당신은 아름답기도 하지만 지혜롭기도 하네.

보틈 천만에요. 지금 이 숲에서 줄행랑칠 지혜만 있다면 그것으로도 만족합니다요.

티타니아 이 숲에서 빠져나갈 생각은 행여 마세요.
어떻게 생각하시든 여기서 빠져나가진 못 할 겁니다.
전 고귀한 신분의 요정이니까요.
여름이 언제나 절 받듭니다.
그러한 제가 사랑하는 거예요. 그러니 저하고 같이 있어요.
요정들이 당신을 시중들게 할 거구.
그리고 바다 밑에서 진귀한 보물을 가져오게 하고.
꽃밭에서 잠이 드시는 동안 노래를 불러드리게 하죠.
그리고 유한한 인간으로서의 당신의 육신을 정화시켜
하늘을 날아가는 요정으로 만들어드리리다.
(큰 소리로) 콩꽃아, 거미집아, 나방아, 겨자씨야!

이 부름에 따라 콩꽃, 거미집, 나방, 겨자씨가 여왕 앞에 나타난다.

콩꽃 예이.

거미집 예이.

나방 예이.

겨자씨 예이.

일동 (허리를 굽히며) 어디로 가라하시나이까?

티타니아 이분을 지성껏 시중해 드려라.

나들이하실 땐 앞에서 깡충 뛰며 눈을 즐겁게 해드리고.

음식 드실 땐 살구, 나무딸기, 자색 포도,

녹색 무화과, 뽕나무의 열매를 자시도록 하여라.

땅벌 집에서 살그머니 꿀을 따다가 드리고.

밤의 촛불로는 꿀벌 넓적다리의 밀랍이 알맞으며

타오르는 반디벌레 눈에서 불을 댕겨

나의 연인이 잠자리에 드시고 일어나실 때 밝혀드려라.

그리고 주무시는 동안 이분의 눈에 비쳐드는 달빛을

오색나비 날개를 따다가 몰아내드려라.

자, 요정들아, 모두들 머리를 조아려 인사드려라.

콩꽃 문안드립니다, 인간나리!

거미집 문안드립니다!

나방 문안드립니다!

겨자씨 문안드립니다!

보틈 참으로 고맙소. 실례합니다만 여러분 이름은?

거미집 (절을 하며) 거미집이옵니다.

보틈 거미집씨, 앞으로 더욱 가까이 지냈으면 하오. 내가 손가락을 베거든 그땐 거리낌 없이 신세질 거요. 그런데 당신 이름은?

콩꽃 (절을 하며) 콩꽃이옵니다.

보틈 이건 또 어머님이신 연한 깍지님, 아버님이신 익은 깍지님, 두 분께도 문안드려요. 콩꽃씨, 우리 더욱 친하게 지내봅시다. 한데 당신 이름은?

겨자씨 (절을 하며) 겨자씨옵니다.

보틈 겨자씨라, 당신은 참을성이 대단하다고 알고 있소. 바로 그 겁쟁이인 덩치 큰 황소가 당신 집안의 신사들을 많이 잡아먹었지. 당신 일가친척 때문에 내 눈이 무던히 많은 눈물을 흘렸소. 앞으로 잘 부탁하오, 겨자씨여.

티타니아 자, 이분을 잘 받들어라. 나의 암자로 모시고,
달님이 눈물을 머금고 있는 것 같다.
달님이 눈물을 흘리면 온갖 작은 꽃들도 따라 울게 되고
더럽혀진 처녀의 정조를 한탄하는 거다.
자 서둘러 이분의 혀를 잡아매고 조용히 모두 가라. (모두 암자 쪽으로 나아간다).

제2장 숲 속, 이끼 낀 경사지

오베론 등장.

오베론 티타니아가 깨어났을까?
그렇다면 깨어나서 첫 눈길에 띈 것에
홀딱 반해 넋이 빠져 있겠지.
심부름꾼이 돌아왔다.

퍽 나타난다.

어떠냐. 미친 촐싹댕이야?
이 요정의 숲 속 밤중에 재미난 일이라도 일어났느냐?
퍽 여왕이 괴물과 사랑에 빠졌습니다!
여왕이 곤히 주무시는 은밀하고
성스러운 암자의 근처에 아테네의 마을 저자에서
입에 풀칠한다고 날품팔이를 하는
떨거지들, 무식한 직공들이 모였답니다.
그리고 테세우스 공작의 혼례식 날에 할
연극을 연습한다나요.
그 멍청이 패거리들 중에서도 가장 미련스런 녀석이

뭐 피라머스 역을 하는데 마침 그 녀석이 연극 도중에
일단 퇴장하게 되어 덤불 속으로 들어가더군요.
그래서 이 통이다 하고 그 녀석한테
당나귀 대가리를 씌워 주었죠.
그러자 그 녀석은 시스비와 대화를 나눌 차례라
이 어릿광대가 슬금슬금 나타난 거죠. 다들 그 자를 보더니
살그머니 접근해 오는 포수를 본 기러기 떼들처럼,
또 총소리에 놀라서 하늘로 미친 듯이
날아오르고 까아 까아 소리 내며
흩어지는 황갈색머리의 까마귀 떼처럼
보자마자 그 패거리들이 도망쳤지 뭡니까.
나무 그루터기에 걸려 고꾸라지고. "살인이다", 하고
소리치고서는 아테네를 향해 살려달라고 애원하고요.
원래 머저리에다가 겁에 질려있는 터라
무심한 초목들도 마구 해악을 주었지 뭡니까.
찔레나 가시에 옷이 걸리고 또 어떤 놈은 소매가 찢기고,
벙거지가 벗겨지는 등 야단법석이었죠.
저는 공포로 정신 나간 그자들을 도망치게 했으며,
변신한 색골, 피라머스 한 놈만 남겨놓았습죠.
바로 그때 티타니아님이 잠에서 깨어나
그 당나귀 대가리를 당장 좋아하게 됐다 이 말씀입니다.
오베론 예상한 것 이상으로 아주 잘했다!
하지만 내가 시킨 대로 아테네 청년에게

사랑의 꽃 즙을 눈에 발랐느냐?
퍽 마침 잠자는 걸 보았죠—그래서 그 일도 끝냈습니다요.
아테네의 여자도 그 옆에서 자고 있으니,
잠을 깨면 반드시 그 여자가 눈에 띕니다요.

드미트리어스와 허미아가 다가온다.

오베론 숨어라, 바로 그 아테네 청년이다.
퍽 바로 그 여잔데, 남자는 아닙니다. (두 사람, 떨어져 서있다).
드미트리어스 뭐야, 너를 사랑하는 사람에게 왜 욕을 해?
그런 가시 돋친 말이야 미운 원수에게나 하라구.
허미아 지금은 입으로만, 하나 호되게 변을 당하게 할 거야.
너는 나에게 저주받을 짓을 했어.
잠자는 라이샌더를 네가 죽였다면
이왕에 피로 물들일 바에야 한술 더 떠서
나도 죽여 봐.
낮에 꾸준히 비추는 저 태양보다도 그가 더 진정으로
날 사랑했어. 그런데 허미아가 자는 동안 몰래
도망칠 리가 없어. 그걸 믿을 바에야
이 지구에 구멍이 생겨 달님이
그 중심을 뚫고 반대쪽으로 빠져나가 낮을 주관하는 형님인
태양을 노하게 했다는 얘길 믿는 게 낫지.
분명히 네가 죽였어.

넌 살인마의 얼굴이야, 유령처럼 파리하고 험상궂어.
드미트리어스 살인 당한 자의 얼굴이 그럴 거다, 내가 그래.
너의 표독스러운 잔인함이 이 심장을 뚫은 것이니까.
그러나 살인한 너는 저 서쪽 하늘에서
빛나고 있는 금성처럼 영롱한 얼굴이다.
허미아 그게 라이샌더와 무슨 관계가 있지? 그는 어디 있어?
부탁해, 드미트리어스, 그를 내게 돌려줘.
드미트리어스 차라리 그자의 시체를 사냥개에게 던져 주겠다.
허미아 꺼져, 개! 꺼지라구, 이 똥개야! 너 때문에
처녀다운 인내심도 쪼가리가 났다. 그래 네가 죽였지?
그렇다면 그 인두겁을 버려야지!
아, 제발 한번이라도 참말 좀 해봐— 날 위해 진실을 말해줘.
눈을 뜨고 있는 그 사람을 감히 마주 볼 수 없었지?
그래서 잠자는 사이 죽인 거지? 참 장하기도 하다!
뱀이나 살무사도 그만한 짓쯤 못 할라구?
살무사의 짓이었어. 바로 뱀인 너보다 더 무섭게 혓바닥이
갈라진 독사도 그보다 악덕한 짓은 절대로 안 했을 것이다!
드미트리어스 넌 당치도 않은 화풀이를 하고 있다.
난 라이샌더의 피를 흘리게 한 일도 없거니와,
내가 알기론 그잔 죽지 않았어.
허미아 그렇다면 부탁이니 그가 무사하다고 말해줘,
디메트리우스 그렇게 말한다면 그 대가로 나는 뭘 받게 되지?
허미아 날 다시는 보지 못하게 된다는 특권을 주지.

정나미가 떨어진 너와는 이제 이별이야.
그가 죽었든 살았든 다시는 날 보지 마라. (황급히 퇴장).
드미트리어스 저렇게 험악하니 좇아가나 마나다.
자 여기서 잠깐 머물러 있자.
슬픔의 무게가 점점 불어나는 것은
파산한 잠이 슬픔에게 빚진 부채 때문이다.
이젠 얼마간이라도 그 빚을 갚게 될지 모른다.
여기서 인정 많은 슬픔에 의지하여 잠시 눈을 부치면. (드미트리어스, 드러누워 잠이 든다).

오베론과 퍽 나타난다.

오베론 엉뚱한 짓을 하였구나? 크게 실수했다.
넌 사랑의 꽃 즙을 진짜 애인 눈에 발라 주었다.
네 실수로 부실한 사랑이 진실하게 되기는커녕
진실한 사랑까지 부실하게 돼버렸다.
퍽 그럼 운명의 여신천하라. 진정을 지키는 자는 한 사람이고,
백만인이 모두 맹세를 연달아 하고는 깨버린답니다.
오베론 어서 바람보다 빠르게 숲 속을 샅샅이 뒤져
헬레나라는 아테네 처녀를 찾아내라.
상사병에 걸려 얼굴이 창백해지고
사랑의 탄식 때문에 젊음의 피가 마르고 있느니라.
무슨 환영을 보여서라도 그 처녀를 이리 데려 오너라.

그녀가 나타날 때까지 이 자의 눈에 마법을 걸어놓겠다.

퍽 예, 가구 말구요—보다시피 이렇게 갑니다요—

타르타르인의 화살보다도 빠르게. (퍽 사라진다).

오베론이 잠자고 있는 드미트리어스의 눈까풀 위로 허리를 굽혀 꽃즙을 바른다.

오베론 큐피드의 사랑의 화살을 맞아

자주 빛으로 물든 꽃 즙.

이 자의 눈동자를 적셔라.

눈에 비치는 여자의 모습

하늘에 뜬 금성처럼

찬란히 빛나리라.

잠에서 깨어나면 그녀가 옆에 있으니

사랑을 애걸하여라.

퍽 다시 등장.

퍽 요정의 나라 임금님,

헬레나가 여기까지 와 있습니다.

제가 실수를 한 젊은이도 함께

사랑을 받고자 호소하고 있습니다.

어리석은 어릿광대짓을 구경하실까요?

인간은 참으로 바보랍니다!

오베론 저리 물러나라. 두 사람이 떠들면
드미트리어스가 잠을 깰 거다.

퍽 그럼 두 사람이 동시에 한 여자에게 구애한다,
이거야 재미있는 눈요긴뎁쇼.
어처구니없는 일을 바라보는 건
즐거운 일이 됩니다요. (오베론과 퍽 비켜선다).

헬레나 등장. 라이샌더, 그 뒤를 따르고 있다.

라이샌더 왜 내가 구애하는데 조롱한다고 생각하는 거야?
눈물을 흘리면서 조롱과 조소는 절대로 할 수 없지.
자 보라구, 눈물을 흘리면서 맹세하고 있어. 눈물과 함께
태어난 맹세는 처음부터 진정을 보여주는 거야.
어째서 이것이 너에겐 조롱으로 받아들여지지.
이 눈물이 진실을 증명하는 믿음의 징표가 아닌가?

헬레나 말솜씨가 점점 더 행티를 피우네. 한 맹세의 진실이
다른 것을 주살하다니, 아, 사악함이 정의와 싸우는 것 같다!
서약은 허미아에게나 하는 거야. 그녀를 버릴 건가?
맹세를 맹세로 무게를 저울에 달면, 무게는 영(零)이 될 거야.
허미아와 나에 대한 맹세를 저울에 단다면
저울이 팽팽해지고 양쪽 다 만들어낸 이야기처럼 가벼울 거야.

라이샌더 그녀에게 맹세를 했을 때는 분별력이 나에게 없었어.

헬레나 그녀를 버리는 것이니까 네겐 지금도 분별력이 없어.

라이샌더 드미트리어스는 그녀를 사랑하고 있어, 그리고 그자는 너를 사랑하지 않아.

드미트리어스 (잠에서 깨어난다) 오 헬렌, 여신, 숲의 요정, 완벽하고도 신성한 님!

내 사랑이여, 너의 눈을 무엇에 비할까?
수정도 진흙과 같아. 오, 활짝 부풀은 너의 입술은
두 개의 버찌가 서로 입 맞추고 있는 듯 내 마음을 뺏는군.
동풍에 휘날려 맑고 새하얗게 꽁꽁 얼은
타우루스 산맥 꼭대기의 만년설도
까마귀의 검은 빛으로 보일 거다. 오, 키스해다오.
순백의 그 손에, 행복의 봉인에

헬레나 아 분해! 아 기가 막혀! 너희는 둘이 짜고
나를 웃음거리로 조롱하는 거지?
너희들이 점잖게 예절을 알고 있다면
나에게 이런 해악을 안 할 거야.
알고 있어, 날 싫어하는 걸.
그것으로 셈이 차지 않아 둘이 짜고 날 조롱하는 거야?
그래도 남자라면, 겉보기에는 남자지마는,
가녀린 여자를 이렇게 대할 수 없는 거야.
사랑의 맹세를 늘어놓고 내 모습을 칭찬한다,
마음속으로는 나를 싫어하는 걸 뻔히 아는데.
너희 둘은 허미아를 사랑하는 연적이라고.

그러던 것이 이젠 경쟁하듯 헬레나를 조롱하고 있어.
장한 솜씨요, 남자다운 장사치야.
나를 웃음거리로 하며 가련한 처녀의 눈에
눈물을 고이게 수를 부리다니! 고상한 사람은 그렇지 않아.
처녀를 해치고 그 참을성을 다 앗아가 버리고
그리고도 즐겁다고 야단들이니.

라이샌더 드미트리어스, 매정하구나, 그만둬.
너는 허미아를 사랑하고 있어. 내가 알고 있음을 넌 알아.
그러니 지금 진심으로 선의를 갖고 말하니,
허미아의 연인 역을 너에게 양보한다.
대신 너의 헬레나의 연인 역을 나에게 양보해.
난 헬레나를 파뿌리가 되도록 사랑할 거야.

헬레나 쓰잘데 없는 말을 지껄여 욕보일 수가 있나.

드미트리어스 라이샌더, 너 허미아를 맡아. 나와는 아무 상관도 없어.
설령 그녀를 사랑했다 해도, 그 사랑은 모두 사라졌어.
내 마음은 나그네로서 잠시 묵었을 뿐이야.
지금은 겨우 고향을 찾아 헬레나에게 돌아왔으니.
이제 그곳에 영주할 거야.

라이샌더 헬렌, 새빨간 거짓말이야.

드미트리어스 진실도 모르면서 욕보이지 말어.
아니면 네 목숨이 위험할 거다.

허미아 다가온다.

보라구, 네 애인이 온다. 저기 말이다.

허미아, 라이샌더를 발견하여 달려온다.

허미아 어두운 밤은 눈에서 보는 기능을 빼앗아가고,
귀는 무섭게 밝아졌나봐.
시각을 빼앗아가더니
곱절로 청각을 줬나 부지.
라이샌더, 너를 찾아낸 건 나의 눈이 아니야.
고맙게도 내 귀가 너의 목소리 나는 쪽으로 이끌어 주었어.
그런데 왜 매정하게 날 버리고 떠났어?

라이샌더 (등을 돌리면서) 머물러 있을 이유가 없지, 사랑이 가라고 등을 미는데.

허미아 어떤 사랑이 라이샌더에게 내 곁을 떠나라고 밀었어?

라이샌더 라이샌더의 사랑이지, 머물러 있지 않게 한 건,
아름다운 헬레나, 저 밤하늘에 빛나는 별보다도
더욱 밤을 찬란하게 비추고 있는 사람.
왜 나를 찾아 왔지? 이렇게 말해도 모른단 말인가,
네가 싫어졌어, 그래서 떠났던 거야.

허미아 마음에 없는 말을 잘도 한다. 그럴 수 없어.

헬레나 어머! 허미아도 한통속이군!

오라, 그렇구 그렇구나, 셋이 한패가 되서
이런 소갈머리 없는 장난을 꾸며서 날 골려 먹자는 거지.
어쩌면 그럴 수가 있어 허미아, 무례한 계집애!
너도 이 자들과 한통속이 되어 이 잔인한 조롱거리로
날 괴롭히려고 꾸민 거지?
우리 둘이 나눈 은밀한 이야기—자매의 서약,
둘이 지낸 즐거운 시간이 빠른 걸음으로
지나가며 시간이 두 사람을 떼어놓는 걸
아쉬워했었는데—아, 깡그리 잊었단 말이냐?
그리고 학창시절의 우정도 어린 시절의 천진난만함도?
우리는 수예의 두 여신들처럼 함께 자수를 놓아
두 개의 바늘로 한 송이 꽃을 수놓았잖아.
하나의 본보기를 보며 한 방석에 앉아
같은 노래를 같은 곡조로 부르면서 말야.
마치 우리의 손도 몸도 목소리도 마음도
한 몸이 된 듯 했어. 그래서 우리는 똑같이 자란 거야,
꼭 쌍둥이 버찌처럼 보기엔 따로따로지만
원래는 하나로 붙어 있어서
두 개의 아름다운 열매가 한 가지에 같이 매달려있는,
그런 우리가 몸이 둘 있는 것 같지만 마음은 하나였어.
마치 문장(紋章)같아서 두 문장이 합쳐서
하나의 문장이 되어 투구를 장식하듯이 말이다.
그런데도 옛날부터의 애정을 너는 갈기갈기 찢어

남자들과 짝짜꿍이 되어 가엾은 친구를 조롱하다니?
그건 우정은 아니고 처녀답지도 않아.
곤욕을 치루는 건 나 혼자지만
나만이 아니라 모든 여자가 다 널 나무랄 거야.

허미아 가가 막혀, 왜 그렇게 화가 났지?
내가 널 조롱하는 게 아니야, 네가 날 조롱하는 거지.

헬레나 네가 라이샌더에게 날 따라다니며
내 눈과 얼굴을 칭찬해 주라고 들쑤셨잖니?
그리고 또 하나의 연인 드미트리어스도—
조금 전까지만 해도 날 떼어버리려고 그렇게도 버둥대더니—
날 여신이니, 숲의 요정이니, 성스럽다, 귀하다, 보석이다,
천사라는 등 칭찬하게 한 것도 너지? 네가 시킨 거지,
왜 싫어하는 여자한테 알랑수를 부릴 게 뭐야? 널 진정으로
사랑하는 라이샌더가 네 사랑을 뭉개버리고
감히 날 사랑한다는 말이 나오겠어.
네가 들먹이고 맞장굴 쳤으니 그러는 거지?
난 너처럼 은혜를 받은 여자도 아니야.
남자에게 사랑도 받지 못했으며 또 행복하지도 않아.
짝사랑하고 있으니 가련하기 짝이 없잖아?
그렇다면 날 능멸할 것이 아니라 오히려 동정을 해야 하지.

허미아 난 네가 무슨 말을 하는지 갈피를 잡을 수 없다.

헬레나 그래, 잘들 노는군, 심각한 얼굴을 하고 있으렴.
내가 돌아서면 내 뒤통수를 향해 입을 삐쭉거리며

서로 눈짓하고 신나게 농지거리를 할 테지.
한바탕 놀이를 잘 했으니 꼭 역사에 남을 거야.
네가 동정심이 있고 호의나 예의범절을 안다면
나를 이렇게 조롱거리로 삼지는 않을 거야.
하나 괜찮아, 잘 있어. 물론 내게도 얼마간의 잘못이 있어.
어쨌든 죽어버리거나 없어진다면 잘 풀리겠지.

라이샌더 잠깐만 헬레나! 내 말을 들어봐,
내 사랑이고 내 생명이고 내 영혼이야, 아름다운 헬레나!

헬레나 참 잘도 한다!

허미아 (라이샌더에게) 이것 봐, 헬레나를 그렇게 놀리지 마.

드미트리어스 네가 간청해서 안 되면 내가 힘으로 입을 막지.

라이샌더 허미아가 간청해도 안 되는데 넌 더 더욱이나 어림도 없어.
네가 겁주는 건 허미아의 허약한 기도만도 못하다.
헬렌, 널 사랑해. 생명을 걸고 사랑한다고.
내 너를 위해서라면 목숨을 버려도 좋다고 맹세한다.
내가 널 사랑하지 않는다고 나불대는 놈은 거짓말쟁이라고 증명해 주겠어.

드미트리어스 저 놈보다야 내가 훨씬 더 너를 사랑하고 있어.

라이샌더 그렇다면 저리로 가서 증명해봐.

드미트리어스 어서 오라구!

허미아 (라이샌더를 붙든다) 라이샌더, 도대체 어떻게 된 거지?

라이샌더 비켜, 이디오피아 깜둥이!

드미트리어스 (조소한다) 어림도 없지!

이 놈은 건성 그러는 거야. 어디 따라오는 시늉이라도 해봐.

오긴 어딜 와. 비겁한 놈, 꼴좋다!

라이샌더 (허미아에게) 놓지 못해, 고양이야, 귀찮다! 넌더리가 난다,

안 놓으면 휘둘러 뱀처럼 패대기 칠테다.

허미아 왜 이렇게 사나워졌어? 왜 이렇게 변한 거지,

내 사랑? (라이샌더를 붙들고 놓아주지 않는다).

라이샌더 네 사랑이라고! 꺼져, 새까만 타르타르 년, 저리 비켜!

비키래두, 넌 지겨운 약이다! 밉살스런 독약이다, 어서 꺼져!

허미아 농담이겠지?

헬레나 아무렴 농담이지. 너도 그렇고.

라이샌더 드미트리어스, 약속은 꼭 지키겠다.

드미트리어스 나는 증서를 보고 싶다. 저렇게 가녀린

여자의 팔이 널 붙들고 있잖아. 네 말을 믿을 수없어.

라이샌더 왜 이래? 저 여잘 상처내고 때리고 죽이란 말이냐?

미워는 하지만 해칠 순 없다.

허미아 뭐야? 밉다구 하는 것보다 더 큰 상처가 어디 있담?

날 미워하다니! 왜? 아, 이게 무슨 소리야, 내 사랑이?

내가 허미아가 아니란 말야? 넌 라이샌더가 아니구?

난 지금도 예전처럼 다름없이 아름다워. 어젯밤까지도

넌 날 사랑했어. 그런데 밤사이에 넌 떠나가 버렸어.

왜 날 두고 떠났지—아이구 하느님 맙소사!—
진심으로 그러는 거야?
라이샌더 진심이야, 목숨을 걸고.
두 번 다시 네 낯짝도 보고 싶지 않아.
그러니 희망도 의문도 의혹도 버리라구.
틀림없는 일이야, 이 이상 확실한 것은 없다. 농담이 아니야.
난 네가 싫었어, 그리고 헬레나를 사랑하고 있다.
허미아 (헬레나에게) 아 기가 막혀! 요 사기꾼, 꽃 독벌레.
사랑의 도둑년! 뭐야! 네가 밤사이에 도둑고양이처럼 와서
내 사랑하는 님의 마음을 몽땅 훔쳐갔지?
헬레나 참 잘한다!
넌 염치도 처녀의 수줍음도
얼굴을 붉힐 부끄러움도 없니? 옳지,
내 점잖은 입에서 욕지거리가 나오게 할 테냐?
너무하다, 너무 해, 가짜인간, 꼭두각시야!
허미아 꼭두각시라고! 아, 그래, 그럴 테지, 그렇게 될 수밖에.
이제야 알겠어, 얘는 우리 키를 비교하고서는
제 키 자랑을 하고 싶었던 거지.
그 체모에, 그 늘씬한 자태이니
그 키를 가지고 그 사람의 마음을 빼앗았구나.
내가 난쟁이 같이 키가 작아서
너는 그의 칭찬에 콧대가 높아졌단 말이냐?
그래 내 키가 얼마나 작다고 넉살이지, 넌 페인트 채색 칠을

한 기둥 (주: 분칠을 한 키가 큰 헬레나를 조롱한 말. 5월 제에서는 기둥 끝에 벤 나뭇가지로 기둥 꼭대기를 장식해 놓고 그 주위를 춤추며 돌았다 한다. 그리고 백 · 청 · 적색으로 기둥을 칠했다.) 같잖아? 말해 봐!
내가 얼마나 작다는 거야? 아무리 작다 해도
내 손톱이 네 눈을 후빌 수는 있다. (헬레나에게 대들려고 한다).
헬레나 둘에게 부탁한다, 날 놀리는 건 좋지만
저 애가 손찌검은 못하게 해줘. 난 성미가 모질지 못해,
왈가닥이 아니란 말야,
소심하기론 바로 소녀 같다니까.
못 때리게 해줘. 혹시 저 애가 나보다 작으니까
내가 당해낼 줄 알겠지만
그렇지 않아…
허미아 "뭐 키가 작다구"! 말끝마다 키 타령이야!
헬레나 얘 허미아, 내게 그렇게 야속하게 굴지 마.
난 언제나 널 좋아했어.
비밀을 지켜줬어. 널 배신한 일이 전혀 없잖아—
드미트리어스를 사랑한 나머지
네가 이 숲으로 도망간다고 귀띔해 주고 말았어.
이 사람은 너를 좇아왔고, 나는 사랑 때문에 그를 좇아왔지.
그러나 그는 내게 욕을 퍼부었고, 위협했어, 때리겠다,
차버리겠다느니—심지어는 죽인다고까지 으름장을 놓았어.
자 그러니까 이젠 날 조용히 가게 해줘.
널 따라가지 않고 이 어리석음을 가슴에 품고

아테네로 돌아갈 테니. 가게 해줘.

알다시피 난 정말 순진한 숙맥이야.

허미아 그래 썩 가렴. 누가 막는대?

헬레나 내 바보 같은 마음이 그래, 그걸 남기고 가겠어.

허미아 뭣이 어쩌구 어째! 라이샌더의 마음에 남겨?

헬레나 드미트리어스의 마음에.

라이샌더 걱정하지 마. 헬레나, 그가 손대지 못하게 할 것이다.

드미트리어스 아무렴 못하지. 네가 허미아를 두둔해도 안 될걸.

헬레나 아, 저 앤 성이 났다 하면 표독해지고 헤살질을 한다구

학교 다닐 때도 악바리 여우였어.

체구는 작어도 얼마나 매섭다구.

허미아 또 "작다!" 그래 "낮다." "작다"라는 말밖에 없어!

이렇게 날 모욕하는 걸 보고만 있는 거야?

그년을 붙잡아 줘.

라이샌더 저리 비켜, 난장이.

이 꼬마는 키가 안 크는 풀을 먹었나 보지.

염주알, 도토리 화상아!

드미트리어스 나서지 말어.

헬레나는 네가 하는 짓을 경멸하고 있다.

내버려 둬. 헬레나의 이름은 부르지도 마러.

그녀 편인 척 하지 마러. (칼을 뺀다)

그녀를 사랑하는 척이라도 해봐.

요절을 내줄 것이다.

라이샌더 (역시 칼을 뺀다) 이제야 날 겨우 봐주었다.
용기가 있거든 따라오라. 헬레나의 사랑이 네 것인지
내 것인지 결판을 짓는 거다. (숲 속으로 뛰어간다).
드미트리어스 따라오라구! 아니지, 너와 나란히 가는 거다. (라이샌더와 드미트리어스 퇴장).
허미아 이년아, 이 분란이 다 너 때문이야.
아니, 달아나지 마.
헬레나 난 널 못 믿겠어.
네 욕지거리를 더 듣고 있을 수 없다.
싸우는데 있어서는 네 손이 나보다 날쌔지만
다리는 내가 더 길어, 달아나는 거야 빠르지. (달아난다).
허미아 기가 막혀, 말도 막힌다. (서서히 뒤따라간다).

오베론과 퍽 앞으로 나타난다.

오베론 (퍽에게) 네가 경솔한 탓이다. 넌 언제나 실수하거나
일부러 장난치거나 한단 말야.
퍽 요정의 임금님, 정말 이건 실수한 것입니다.
임금님께서 아테네 옷을 입은 사람을 보면
알 수 있다고 말씀하시지 않았습니까요?
그러니 아테네인의 눈에 사랑의 꽃 즙을 발라 준 것까진
잘못이라고 할 수 없는 일입니다.
그나저나 이들의 싸움질이 꽤 재미가 있어서

그런 일이 일어난 게 상쾌합니다요.

오베론 보았겠지, 연인들이 결투장을 찾고 있는 거다.
그러니 로빈, 속히 밤의 장막을 쳐라.
지옥의 아케론 강의 어둠과 같이 시커먼 안개로
별들이 반짝이는 하늘을 덮어 가려라.
이들 성난 두 연적이 길을 잃고
서로 마주치지 않게 하는 거다.
때로는 네가 라이샌더의 음성을 흉내 내서
욕을 퍼부어 드미트리어스의 화를 돋우라.
또 때로는 드미트리어스의 소리로 부아통이 터지게 하라.
그렇게 두 사람이 엇갈라지게 하라.
그리고 죽음 같은 깊은 잠이 납덩이같은 무거운 다리와
박쥐같은 날개를 가지고 그자들의 눈까풀에 엉겨 붙을 거다.
잠이 들면 이 꽃을 라이샌더의 눈에 떨어뜨려라—
이 꽃 즙은 효험이 대단하니
지금까지의 착오는 눈에서 제거되고
정상적으로 보는 눈으로 회복될 것이다.
그들은 이번에 잠에서 깨어나면 이 어리석은 소동이
다만 꿈이나 맹랑한 환상으로 여겨지게 될 것이다.
연인들은 즐겁게 아테네로 돌아갈 것이고
이들의 우정은 영원히 변치 않을 것이다.
퍽, 네가 그 일을 할 동안
난 여왕께 가서 그 인도의 소년을 달라고 해야겠다.

그 일만 뜻대로 되면 괴물의 모습에 홀려 있는 그녀의 눈에서
마법을 풀어 주리다. 그러면 만사는 원만히 끝장이 날 것이다.
퍽 요정의 임금님, 이 일은 빨리 서둘러야 하겠습니다.
용이 끄는 밤의 여신의 수레가 저렇게 빨리 구름을 헤치고
갑니다. 저기 새벽의 여신 오로라의 사자가 비쳐옵니다.
저것이 빠끔히 내밀면 여기저기 헤매던 유령들이
무리를 지어 묘지로 돌아갑니다요. 네거리나
바다 속에 묻혔던 저주받은 혼백들도
구더기가 뒤끓는 그들의 침소로 돌아가고요. 그것들은
자진해서 아침 햇살에 창피한 몰골을 드러내놓기 두려워
그들의 몸을 빛으로부터 추방하고 있답니다.
영원히 검은 얼굴의 밤과 함께 지내야만 하니까요.
오베론 그러나 우린 다른 세상의 정령이다.
난 가끔 아침의 연인 오로라와 즐겁게 놀아 보기도 하였다.
또 산사람처럼 숲 속을 바장거리기도 했다.
그때 동쪽 하늘이 붉게 불타오르더니
그 축복의 빛발이 바다 위에 쏟아지고
푸른 바닷물이 황금빛으로 변하는 것을 보았다.
어쨌든 빨리 해야 한다. 지체하지 마라.
해뜨기 전에 이 일을 끝내야 하느니라. (퇴장).

안개가 내려온다.

퍽 이리저리 멋대로
그자들을 끌고 다니자.
뜰에서나 마을에서나 나는 무서운 왕초.
나는 퍽, 그자들을 이리저리 끌고 다니자.
오, 저기 하나가 온다. (사라진다).

라이샌더, 어둠 속을 손 더듬질하면서 돌아온다.

라이샌더 건방진 놈 드미트리어스, 어디 있느냐? 냉큼 말해봐.

퍽 (드미트리어스의 음성으로) 여기 있다, 악당아! 칼을 빼고 기다리고 있다. 넌 어디 있느냐?

라이샌더 좋다, 당장 가마.

퍽 (멀리서 드미트리어스의 목소리로) 어서 따라 와,
평지로 가자. (퍽의 소리를 따라 라이샌더 퇴장).

드미트리어스 역시 손 더듬질하면서 다가온다.

드미트리어스 라이샌더! 다시 말해봐!
이 도망만 다니는 비겁한 놈아, 뺑소닐 쳤냐?
대답해봐! 덤불 속에 숨었냐? 어디다 대가릴 처박았느냐?

퍽 (라이샌더의 목소리로) 비겁한 놈은 너다. 별들을 보며 큰소리나 치고
덤불과 맞붙어 결투할 작정이냐?

나를 상대 못하나? 어서 와 봐, 겁쟁이. 어서 쫓아와.
네깐 놈은 회초리로도 충분하다. 점잖지 못하게
칼을 쓸 것도 없다.

드미트리어스 옳지, 거기 있느냐?

퍽 (멀리서 라이샌더의 목소리로) 내 소리를 쫓아와. 여기서는 결판을 낼 수가 없다. (드미트리어스, 소리 나는 쪽으로 따라간다).

라이샌더 다시 돌아온다.

라이샌더 이놈이 나보다 앞질러 가서는 도발을 해온단 말야.
소리 난 쪽을 가보면 벌써 사라졌어.
그 악당 나보다 훨씬 발이 빠르군.
빨리 쫓아가도 번개같이 도망친다니까.
덕택으로 어둡고 험한 길에 빠져들고 말았다.
여기서 좀 쉬어볼까. (둑 위에 눕는다). 찬란한 해님이여, 떠올라라!
어슴푸레한 빛이라도 비춰주면,
기어코 드미트리어스를 찾아내서 이 한을 복수해주겠다만.
(잠이 든다).

드미트리어스 뛰어 들어온다.

퍽 (라이샌더의 목소리로) 호 호 호! 겁쟁이야, 왜 쫓아오지 않지?

드미트리어스 이놈, 용기가 있거든 거기 멈춰라. 네 속을 모를

줄 아냐,

이리저리 피하면서 도망치고 있구나.

거기 서서 당당히 맞서볼 생각이 없느냐?

그래, 어디 있지?

퍽 (멀리서) 이리 오너라. 여기 있다.

드미트리어스 흥, 날 놀리는 거냐? 날이 새어

네 상통이 보이면 박살을 내 줄 거다.

이 놈아, 갈 테면 가라. 아이구, 온 심신이 뻑적지근하니

차디찬 땅바닥을 침대삼아 누워나 볼까.

먼동이 트면 꼭 찾아낼 것이다. (드미트리어스는 라이샌더와 다른 둑에 누워서 잠이 든다).

헬레나 공터에 들어온다.

헬레나 아 지겨운 밤! 아 길고긴 지루한 밤아,

어서 가버려라! 동녘의 햇살로 위로해다오.

그럼 밝은 빛을 맞으며 아테네로 돌아갈 수 있을 거야.

나를 보기 싫어하는 자들로부터 벗어나게 되지.

잠은 슬픔의 눈을 감겨 주기도 해.

잠시 내 시름을 잊게 하여다오. (손 더듬질해서 둑으로 가 드미트리어스 곁에 누워 잠이 든다).

퍽 다시 등장.

퍽 아직 세 사람 뿐인가? 한 사람만 더 오라.
그러면 남자 둘, 여자 둘해서 합이 넷이다.
오 저기 한 말괄량이가 슬픔에 젖어서 온다.
큐피드는 장난꾸러기 소년,
연약한 처녀들을 이렇게 미치게 한단 말야.

허미아 풀이 죽어 돌아온다.

허미아 이렇게 지치고 이렇게 슬퍼 본 적은 없었어.
이슬에 흠뻑 젖고 찔레에 찢기고,
이젠 한 발짝도 걸을 수 없고 기어갈 수도 없어.
마음은 있어도 다리가 말을 들어줘야지.
날이 샐 때까지 좀 쉬어야겠다.
하늘이시여, 결투가 벌어진다면 라이샌더를 지켜주소서.
(손 더듬질하여 라이샌더가 누워 있는 둑으로 가서 그 옆에서 잠이 든다).

퍽 대지 위에
곤히 잠들라.
자, 사랑하는 연인이여,
너의 눈동자에 이 꽃 즙을
떨어뜨려 주마. (꽃 즙을 짜서 라이샌더의 눈에 발라 준다).
눈을 뜨면
진정한 기쁨을

차지하리.
첫 눈길에
옛 애인이 비추리라.
시골 속담이 말하듯
자기 것은 자기가 가져야 되는 법,
눈을 뜨면 알게 되리라.
갑돌이에게는 갑순이가 짝이다.
모두 모두 얼씨구 좋구나.
총각은 처녀를 도로 찾고
세상만사가 태평하게 되오리다. (퍽 사라진다. 안개가 걷힌다).

제 4 막

자 이리 와서 꽃 침상에 앉으세요. 그러면 내가 당신의 사랑스런 두 볼을 쓰다듬고 부드럽고 윤기가 흐르는 머리에 사향장미를 꽂고 그 예쁘고 큰 귀에 키스해 드릴 게요. 아, 나의 기쁨.

•

제1장 티타니아의 대사 중에서

제1장 숲 속

티타니아가 보틈과 함께 나타난다. 보틈의 당나귀 머리에는 화관이 장식되어 있다. 요정들이 열을 지어 뒤따른다. 제일 마지막에 눈에 띄지 않게 오베론 등장.

티타니아 자 이리 와서 꽃 침상에 앉으세요.
그러면 내가 당신의 사랑스런 두 볼을 쓰다듬고
부드럽고 윤기가 흐르는 머리에 사향장미를 꽂고
그 예쁘고 큰 귀에 키스해 드릴게요. 아, 나의 기쁨.

두 사람 앉는다. 티타니아, 보틈을 포옹한다.

보틈 콩꽃, 어디 있지?
콩꽃 대령하였나이다.
보틈 콩꽃아, 내 머리 좀 긁어다오. 거미집은 어디 있느냐?
거미집 대령하였나이다.
보틈 무운슈(주: 프랑스어의 무슈를 무운슈로 잘못 발음하였음) 거미집, 네 연장을 가지고 가서 엉겅퀴 위에 앉은 엉덩이가 빨간 꽃 벌을 죽여 다오, 그리고 꿀주머니를 가져오라. 착한 무운슈, 그런다고 너무 막무가내로 하진 말고, 무운슈. 꿀주머니를 찢지 않도록 해야지. 잘못해서 네 몸이 꿀범벅이 되는 건 싫으니까. 무운슈, 겨자씨는 어디 있느냐?

겨자씨 대령하였나이다.

보틈 악수나 하자, 무운슈 겨자씨. 인사 치레는 그 정도 하여라, 무운슈.

겨자씨 뭘 해드릴까요?

보틈 별것 아니다, 무운슈, 그저 거미집 대장을 도와 내 머리를 긁어 줘. 암만 해도 이발소에 가야겠다, 무운슈. 얼굴에 털이 더부룩이 난 것 같아. 난 이래 뵈도 당나귀처럼 민감하거든. 털이 많으면 근지러워서 견딜 수가 있어야지, 긁어야만 한다니까.

티타니아 사랑하는 님, 음악을 들으시겠어요?

보틈 음악이야 제법 들을 줄 알지. 어디 뽕짝 뽕짝이나 들려줘.

티타니아 그리고 어여쁜 님, 뭘 좀 잡수실까요?

보틈 그렇지, 여물이나 한통 먹어야겠소. 썩 좋은 마른 기울을 우적우적 씹고 싶군. 건초가 한 다발 있으면 무척이나 좋겠다. 고급건초, 달콤한 건초보다 더 좋은 건 없다니까.

티타니아 용감한 요정이 있어요, 다람쥐 곳간을 뒤져서
햇호두를 가져오게 하겠어요.

보틈 그것보다도 한 두어 주먹 마른 콩을 먹고 싶소. 그러나 부탁이 있소, 아랫사람들이 내 곁에 얼씬 못하게 해주오. 살그머니 잠이 오는구려.

티타니아 주무세요, 이 품에 포근히 안아드리죠.

요정들아, 물러가라, 어딘가 내키는 대로 가 있어라. (요정들 퇴장).
이와 같이 덩굴은 달콤한 인동을
부드럽게 꼬아 감듯이 여자는 담쟁이덩굴이 되어
단단한 느릅나무의 가지를 이렇게 휘감아요.
아 정말 당신을 사랑해요! 이렇게 미칠 것만 같아! (두 사람 잠이 든다).

오베론이 앞으로 나와서 이들 둘을 내려다본다. 퍽 나타난다.

오베론 어서 오너라, 로빈. 이 재미있는 꼴 좀 봐라.
사랑에 넋이 나갔으니 이제는 측은한 생각이 든다.
조금 전에도 숲 속에서 만났었는데
이 흉측한 머저리에게 줄 꽃을 찾아 헤매는 걸 보자
심화가 도져 욕을 퍼부었고 또 싸웠다.
그땐 이미 저 털투성이 머리에
싱싱하고 향기로운 화관을 씌워놓고 있었다.
꽃봉오리 위에서 이 이슬은 이전까지는
동양의 진주와도 같이 찬란하게 반짝였는데
지금은 마치 망신스런 자신을 한탄하는
눈물인양 가련한 꽃의 눈에 어리고 있다.
내가 실컷 욕을 퍼부었더니
그녀는 양순한 말씨로 용서를 청하더라.

이때다 하고 대뜸 그 아이를 달라고 했지.
바로 동의하고 그녀의 요정을 시켜서
내 정자로 보내주었다.
이제 그 애를 가진 이상, 그녀의 눈에서
그 혐오스런 주문을 풀어주어야지.
그리고 퍽, 너도 그 아테네 촌뜨기 머리에서
괴물 대가리를 벗겨줘라.
그놈이 다른 사람들과 함께 잠에서 깨면
다 같이 아테네로 돌아갈 수 있을 거다.
오늘 밤 이 숲 속에서 겪은 일도
한낮 꿈속에서 일어난 광란(狂亂)으로 생각할 거다.
우선 요정의 여왕부터 풀어 줘야겠다. (티타니아의 눈에 꽃 즙을 바른다).

예전의 너에게로 돌아가라.
예전처럼 보게 되어라.
큐피드의 꽃보다는 다이아나 여신의 꽃봉오리에
보람과 축복이 있느니라.

자, 나의 티타니아! 깨어나라, 나의 아름다운 여왕이여.
티타니아 오베론! 참으로 이상한 꿈을 꾸었어요!
당나귀에게 반했던 것 같아요.
오베론 당신이 반한 자가 거기 누워 있어.

티타니아 이게 어떻게 된 일이지?
아이구, 이 얼굴은 보기만 해도 끔찍한데.
오베론 쉿, 잠깐! 로빈, 저 머리를 벗겨 줘라.
티타니아, 음악을. 그리고 이들 다섯이
깊이 잠들게 해요.
티타니아 음악을, 여봐라, 음악을! 잠 속에 빠지게 할 음악을.
(조용한 음악).
퍽 자 잠에서 깨거든 본래의 미욱한 눈으로 세상을 보라. (그에게서 당나귀 머리를 벗겨준다).
오베론 음악을 울려라! (음악 소리가 점점 커진다). 자, 여왕, 그 손을.
저 다섯 사람이 잠든 이 대지를 살살 흔들어줍시다. (오베론과 티타니아 춤을 춘다).
우리도 이젠 사랑의 화해를 한 거요.
내일 한밤엔 테세우스공작의 궁전에서
혼례를 축하해서 화려하고 엄숙하게 춤을 춥시다.
그리고 자손의 번영을 축원해줍시다.
이들 성실한 두 쌍의 연인들도
테세우스와 함께 성대히 결혼식을 올리도록 해줍시다.
퍽 임금님, 저것 좀 들어보십시오.
아침 종달새의 노래 소리가 들려옵니다.
오베론 그럼 왕비, 우린 엄숙하고 조용하게
밤의 그림자를 좇아갑시다.

떠도는 달보다 더 빨리
단숨에 지구 저편으로 날아갑시다.
티타니아 가십시다, 날아가면서
오늘밤 일어난 일을 얘기해줘요.
어떻게 지난밤에 대지에서
인간들과 같이 잠들다가 발견되었는지를요. (셋이 사라진다).

뿔피리 소리. 테세우스, 히폴리타, 이지어스, 그 밖의 사람들이 사냥복 차림으로 나타난다.

테세우스 누구든 가서 산지기를 불러 오너라.
이제 오월제 행사도 끝났다.
오늘도 아직은 새벽녘이니
내 님에게 사냥개의 음악을 들려줘야겠다.
사냥개들을 서쪽 골짜기에 풀어놓아라. 바로 풀어놓는 거다.
사람을 보내 산지기에게 명령하여라. (시신이 절을 하고 나간다).
아름다운 여왕이여, 우리는 산봉우리에 올라가
사냥개들이 일제히 짖어대는 소리와 이에 화답하는
산울림이 어우러진 음악을 들어봅시다.
히폴리타 저도 예전에 허큘리스와 카드머스와 함께
크리트 섬의 숲 속에서 스파르타의 사냥개를 풀어서
곰 사냥을 한 적이 있었어요. 그렇게 용감하게 짖는
소리는 들어본 적이 없었어요. 왜냐하면 숲 뿐 아니라

하늘도 샘도 삼라만상이 일제히 하나의 소리를
내지르는 것 같았어요. 조화되지도 않은 음악인데
그처럼 상쾌한 천둥같이 들린 것은 처음이었어요.
테세우스 내 사냥개도 스파르타 종자요.
늘어진 턱, 엷은 갈색 털
아침 이슬을 물리칠 만큼 무릎이 굽고 크게 늘어진 귀
목 밑에 살가죽이 쭉 늘어져 테살리아의 수소(牛) 같으오.
먹이를 쫓는 발은 더디지만 짖는 소리는 흡사 가지각색 종소
리처럼
어울려, 그처럼 함성과 뿔피리에 장단을 맞춘
사냥개들의 짖어댐은 크리트나,
스파르타나, 테살리아에서도 들을 수도 없는 거요.
들어보면 알게 될 터. 가만 있자, 이건 숲의 요정들인가?
이지어스 공작님, 여기서 자고 있는 것은 소인의 딸입니다—
그리고 이 자는 라이샌더, 이쪽은 드미트리어스고,
여긴 헬레나, 네다 노인의 딸 헬레나입니다.
어찌하여 이들이 여기 함께 있는지요? 알 수가 없습니다.
테세우스 아마 오월제를 보기 위해
아침 일찍 일어났을 테지. 그리고 이 계획의 풍문을 듣고
우리의 행사를 축하하러 왔나 보군.
그런데 이지어스, 오늘은 분명히
허미아가 신랑을 결정하는 날이 아니오?
이지어스 네, 그렇습니다.

테세우스 누군가 가서 사냥꾼들에 일러서 뿔피리를 불어 네 사람을 깨우도록 하라. (안에서 뿔피리 소리와 아우성 소리가 들린다. 여인들이 잠에서 깨어 일어난다).

잘들 잤는가. 성 발렌타인 축제는 이미 지나갔다.

이 숲 속의 새들이 이제야 새삼스럽게 사랑의 짝을 찾는가?

라이샌더 송구하나이다, 공작님. (연인들이 공작 앞에서 무릎을 꿇는다).

테세우스 일어들나라.

너희들 두 사람은 분명 연적인데.

이렇게 화목하다니 어찌된 일인가?

마음속에 칼을 갈고 있는 원수를 의심하지 않고

이에 대한 불안도 없이 증오하는 자와 나란히 자다니?

라이샌더 공작님, 지금 자고 있는 건지 깨어있는 건지

머리가 아리송해서 제대로 말씀 여쭙기가 어렵습니다.

실은 저도 어떻게 이 곳에 왔는지 기억이 안 납니다.

그러나 생각해보면—진실을 말씀드리려고 합니다만,

지금 기억나는 바로는 이러합니다— 즉

저는 허미아와 함께 이곳에 왔습니다. 저희들 생각은

아테네에서 달아나는 것이었습니다.

아테네 법의 위험이 없는 곳으로 말입니다—

이지어스 이만하면 충분합니다, 공작님, 증거는 충분합니다!

법의 심판을, 저 자의 머리에 심판을 내려 주십시오.

둘이 짜고 도망치려고 했습니다, 그렇습니다. 드미트리어스,

저것들이 너와 나에게 악한 짓을 할 심보였다—
네게선 아내를, 내게선 내 허락을—
딸을 네게 주겠다는 허락을 뺏으려고 했단 말이다.
드미트리어스 공작님, 실은 아름다운 헬레나가 그들이
남의 눈을 피해 이 숲으로 도망칠 거라고 귀띔해 주었습니다.
그래서 화가 치밀어 여기까지 쫓아왔던 것입니다.
헬레나도 저를 그리며 뒤좇아 온 것입니다.
그러나 공작님, 어떠한 힘 때문에 그랬는지 모르지만—
하지만 분명히 어떤 힘에 의해서—허미아에 대한 사랑이
눈 녹듯 녹아버리고 지금에 와서는 마치
어린 시절에 열중했던
보잘것없는 장난감에 지나지 않는 그런 느낌입니다.
그리고 저의 진정과 제 마음의 지조는,
또 제 눈이 보고 싶어 하는 크나큰 기쁨은
오직 헬레나뿐입니다. 공작님, 사실은 허미아를
만나기 전까진 헬레나와 약혼한 사이였습니다.
그러나 병들었을 때처럼 이 음식이 싫어졌습니다.
그런데 건강해지고 보니 원래의 입맛이 되살아나
지금은 그것을 바라고 사랑하고 동경하며
저는 영원히 충실할 것입니다.
테세우스 연인들, 운 좋게 잘 만났다.
이 얘긴 차차 더 듣기로 하자.
이지어스, 나는 경의 뜻을 물리쳐야겠소.

이들 두 쌍의 연인들을 우리와 같이 신전에서 곧
백년가약을 맺게 해주고 싶소,
이젠—아침나절도 꽤 늦은 것 같으니,
사냥 계획은 중지하기로 한다.
아테네로 돌아가자. 세 쌍의 연인들이라
성대한 피로연을 베풀도록 한다.
자 갑시다, 히폴리타. (테세우스, 히폴리타, 이지어스 및 시신들 퇴장).

드미트리어스 아득히 먼 산이 구름 속에 가물거리듯이
지금까지의 일들이 작아지고 희미해진다.

허미아 지금까지의 일들을 두 눈이 따로따로
보는 것 같아 모든 것이 이중으로 보여.

헬레나 나도 그래.
드미트리어스가 손에 들어오긴 했지만 주은 보석 같아.
내 것이면서 아닌 것 같아.

드미트리어스 우리
깨어 있는 건가? 난 아직도
잠자고 있는 것 같아, 꿈길 속에 있는 것 같구, 정말
공작님이 여기 오셔서 우리에게 따라오라고 하셨나?

허미아 그래, 내 아버님도 계셨어,

헬레나 그리고 히폴리타님도.

라이샌더 공작님은 우리들을 신전으로 오라고 하셨어.

드미트리어스 그렇다면 우린 깨어 있군. 공작님을 따라가자.

가면서 꿈 얘길 하지. (모두 테세우스의 뒤를 따른다).

보톰 (잠에서 깨면서) 내 대사의 차례가 되거든 날 불러줘. 곧 대사를 말할 테니까. 다음 대사는 "더할 나위 없이 미남이신 피라머스님"이다. 이봐! (하품이 나온다. 주위를 두리번거려본다). 피터 퀸스! 풀무수선공 플룻! 땜장이 스나우트! 스타블링! 야단났구나—이 놈들이 날 잠들게 해놓고 모두 줄행랑쳤군! 참으로 신기한 몽상이란 말야. 내가 꿈을 꾸긴 했는데—사람의 재주로야 상상도 할 수 없는 꿈이라고. 그러니 이 꿈을 해몽하려는 놈은 머저리 당나귀지. (일어서며) 아무래도 난 뭔가—내가 뭐가 되긴 됐던 건데 그걸 말할 수 있는 놈은 없을 거다. (손을 머리에 가지고 가서 귀를 만져 본다). 그래 아무래도 무언가 썼던 것 같은데 말야. 내가 뭔가 썼었다고 말하는 녀석이 있다면 그놈도 얼룩 옷을 걸친 어릿광대지. 내가 얼마나 희한한 꿈을 꾸었는지 사람의 눈이 엿들을 일도 없었고, 사람의 귀가 보지도 못 했고, 사람의 손이 맛보지도 못했고, 사람의 혀가 생각지도 못 했고, 사람의 심장이 전해보지도 못했잖아. 피터 퀸스에게 이 꿈 얘길 노래로 써달라고 해야지. 옳지, 제목은 「보톰의 꿈」이 좋겠다. 그런데 이건 보통 꿈이 아니란 말야. 이걸 공작님 앞에서 연극의 끝마무리에 불러드려야지. 아마도 연극을 더 멋지게 하기 위해서는 시스비가 죽을 때 노래 부른단 말야. (퇴장).

제2장 피터 퀸스 집의 한 방

퀸스, 플룻, 스나우트, 스타블링 등장.

퀸스 보틈 집에 사람을 보내봤나? 아직도 집에 안돌아 왔대?

스타블링 소식이 있을 게 뭔가? 둔갑한 게 틀림없는데.

플룻 그 놈이 돌아오지 않는다면 연극은 영 글렀다. 못하게 되겠는 걸.

퀸스 도저히 안 되겠어, 아테네를 샅샅이 뒤져도 피라머스 역을 할 수 있는 건 그 놈밖에 없단 말야.

플룻 암, 재치 있기로야 아테네의 직공들 중 그 놈을 따를 자가 없다니까.

퀸스 그뿐인가, 생김새도 반반하구. 부드러운 목소리로 말할 것 같으면 연인 역에 안성탕반(湯飯)이야.

플룻 그럴 땐 '안성맞춤'이라고 하는 거야. 탕반이야 싸구려 음식이지.

스너그 등장.

스너그 여보게들, 공작님이 신전에서 돌아오고 있으시다. 그 외에도 두세 쌍의 귀족들이 결혼식을 올렸대. 우리가 연극만

잘 올리게 되면 우리 팔자도 늘어지는데 말야.

플룻 그런데, 보틈 대장도 재수 옴 붙었지 뭐야! 평생 매일 6 펜스씩 수당을 받을 텐데 말이지. 하루에 6펜스는 문제없었다니까. 피라머스 역을 멋들어지게 해냈는데 공작님이 매일 6펜스씩 주지 않는다면 내 목을 쳐내도 좋아. 그만한 가치가 있구말구. 암, 피라머스 역으로 하루에 6펜스는 틀림없었는데.

보틈 등장.

보틈 다들 어디 있나? 친구들이 다 어디 있지?

퀸스 보틈이잖아! 정말 멋진 날이다! 이젠 만사형통이다! (모두들 보틈의 주위에 모여든다).

보틈 여보게들, 내 희한한 얘길 해줄까—그러나 무슨 얘기냐고 묻지는 말란 말야. 그걸 가르쳐주면 난 아테네인의 순종이 아닌 것이 된단 말야. 자초지종을 말할 테다, 있는 그대로 말야.

퀸스 어서 들려줘, 보틈.

보틈 아니 말을 해선 안 돼. 내가 말할 수 있는 건 공작님께서 식사를 막 끝내셨다는 것뿐이야. 어서 의상을 입고 수염에 단단한 실을 달구, 구두에는 새 리본을 달고. 곧 공작님 궁전에서 만나잔 말야. 여하 간에 각자 맡은 역을 잘 해야 해. 요컨대 우리 연극이 상연되게 됐단 말야. 어쨌든 시스비에겐 깨끗한 속옷을 입혀야겠고. 사자 역은 손톱을 잘라버려서는 안 돼. 사자의 발톱같이 보여야 하니. 그리고 친애하는 우리 배우들, 양파나 마늘을 먹어선 안 돼. 대사를 하는데 우리 입김이 향긋해야 하니까. 그러면 우리 연극이 아름다운 희극이라는 평을 듣게 될 거란 말이지. 더 말하지 않겠다. 가자! 자-가자. (모두 황황히 퇴장).

제 5 막

왕성한 상상력엔 그런 마력이 있는 듯하니, 만약 즐거움을 느끼고 싶다 싶으면 그 즐거움을 갖다 줄 것을 생각해내며 또 어두운 밤에 공포를 느끼고 싶으면 덤불을 보고도 무서운 곰이라고 생각할 수도 있는 거요!

•

제1장 테세우스의 대사 중에서

제1장 테세우스 공작 궁전의 대청

커튼이 쳐져있고, 뒤쪽 복도로 통하는 출입구를 가리고 있다. 벽난로에는 불이 지펴있다. 등불과 횃불이 타고 있다.

테세우스, 히폴리타를 비롯하여 필로스트레이트, 귀족들, 시신들 등장. 테세우스와 히폴리타 자리에 앉는다.

히폴리타 테세우스, 이들 연인의 얘긴 이상하군요.

테세우스 너무 이상하다보니 정말 진짜 같지가 않소.
황당무계한 옛날얘기나 요정이야기는 믿을 수가 없다니까.
연인들, 미친 자들은 머리 속이 들끓고 있으며,
허무맹랑한 것을 공상하니
냉정한 이성으로는 이해할 수 없는 것을 생각한단 말이요.
미친 자나 연인이나 시인은
온통 상상력의 덩어리요.
널찍한 지옥도 수용 못할 정도로 많은 악마들을 본다오.
그러니 결국 광인이라는 거요. 연인도 뒤질세라 미쳐 가지고
집시의 얼굴에서도 미녀 헬렌의 아름다움을 보며,
번뜩이는 시인의 눈은 광기에 사로잡혀
천상에서 대지를 굽어보고 대지에서 천상을 쳐다보고 있으니

상상 속으로 나래를 펴서
미지의 사실을 그려내고 시인의 펜은
그들에게 형태를 만들어주며, 보이지도 않은
공기에다 이름을 붙여준다오.
왕성한 상상력엔 그런 마력이 있는 듯하니,
만약 즐거움을 느끼고 싶다 싶으면
그 즐거움을 갖다 줄 것을 생각해내며
또 어두운 밤에 공포를 느끼고 싶으면
덤불을 보고도 무서운 곰이라고 생각할 수도 있는 거요!
히폴리타 하지만 어제 밤에 일어난 얘길 모두 듣고 보니
연인들의 마음이 다 같이 이상하게 변한지라
단순히 몽환(夢幻)의 탓만이 아닌
그 이상의 어떤 실질적인 내용이 있는 것 같아요.
참 이상하고도 놀라운 일이에요.
테세우스 연인들이 온다, 행복과 기쁨이 넘쳐 있는 모습으로—

라이샌더와 허미아, 드미트리어스와 헬레나, 다같이 즐겁게 이야기하면서 등장.

젊은이들, 축복하네! 너희들 가슴에 기쁨과
나날이 신선한 사랑이 깃들기 바란다!
라이샌더 그보다 더한 행복이 공작님의 산책에
식탁에 침실에 있으시기를 축원합니다.

테세우스 그건 그렇고, 어떤 가면극이나 춤이
저녁 식사 후부터 잠자리까지의
지루한 세 시간을 메워 줄 것인가?
축제의 여흥담당은 어디 있느냐?
어떤 오락을 준비했느냐? 고문 받는 것 같은
시간의 고통을 풀어 줄 연극은 없단 말인가?
필로스트레이트를 부르라.
필로스트레이트 여기 대령하였습니다, 공작님.
테세우스 오늘 저녁에 베풀 여흥이 무엇인지 말해봐라.
가면극은 어떻게 됐느냐? 음악은? 무슨 재미있는 일이라도
없다면 이 굼뜬 시간을 어떻게 메우겠는가?
필로스트레이트 이 안에 준비된 연예의 프로그램이 적혀 있습니다.
공작님께서 보시고 나서 좋으신 것을 고르시기 바랍니다. (목록을 내보인다).
테세우스 (읽는다).
반인반마(半人反馬) 켄타우로스와의 전투. 노래에
아테네의 환관(宦官), 반주는 하프.
이건 안 되겠고. 내 사촌 허큘리스의 무용담은
이미 내가 히폴리타에게 얘기한 적이 있으니.
(읽는다).
주신 바코스를 숭배하는 무녀들이 격분한 나머지
트라키아의 가수 오르페우스를 찢어 죽인 난동.

이건 곰팡내 나는 연극이다. 내가 일전에 테베를 정복하고
개선할 때 이 연극은 본 일이 있다.
(읽는다).
궁색한 가운데 이미 사망한 석학의 죽음을
애도하는 뮤즈의 아홉 여신들.
너무 매섭고 가혹한 풍자극이렷다.
결혼 축하연에는 맞지 않는다.
(읽는다).
젊은 피라머스와 그의 연인 시스비의
지루하고도 간결한 한 장면, 매우 비극적인 희극.
즐겁고도 비극적인 것이라? 지루하고도 간결하다?
이건 불타는 빙산에-타오르는 눈이란 말이군.
조화시킬 수 없는 것을 어떻게 조화시킨단 말이냐?
필로스트레이트 공작님, 이 연극은 대사 열 마디입니다.
제가 아는 한 이렇게 짧은 간결한 연극은 없습니다.
하지만 그 열 마디가 너무 길어서 지루하기 그지없습니다.
왜냐하면 이 연극 어디를 보든지 알맞은 대사라곤
하나도 없고 배역도 제대로 들어맞지 않습니다.
공작님, 확실히 비극적이긴 합니다.
피라머스가 자살을 하니까요—
정직히 말씀드려 연습하는 것을 보았습니다만
눈물이 쏟아져 나왔습니다. 그러면서도 어찌나 우스운지
눈물을 펑펑 쏟으면서도 배꼽을 쥐지 않을 수 없었습니다.

테세우스 어떤 패거리들이 출연하는가?

필로스트레이트 이 곳 아테네에서 험한 노동을 하는 날품팔이들입니다. 지금까지 머리라곤 써보지 못한 자들입니다.
난생 처음으로 기억력을 사용해서 대사를 암기해
공작님의 결혼 축하연 때 보여드린다고 준비한 연극입니다.

테세우스 그럼 그 연극을 듣도록 한다.

필로스트레이트 그만두소서, 공작님.
공작님이 보실만한 것이 못 됩니다. 미리 들었습니다만
엉망진창입니다, 아주 형편없습니다.
그들이 공작님을 위해 정열을 다하여
고통스럽게 노력했으니 그 성의를 가상하다고 보신다면
모르겠습니다만.

테세우스 꼭 그 극을 듣도록 하겠다.
소박하고 충실한 마음이 제공하는 것을
물리칠 수 있느냐.
그자들을 어서 불러들여라, 부인들은 자릴 잡고. (필로스트레이트 퇴장. 모두 연극을 듣기 위해 자리에 앉는다).

히폴리타 서툰 자들이 애써 노력하여 충성을 보이려다가
실수나 하면 가여워서 보기가 거북합니다.

테세우스 착한 생각이긴 하나, 설마 그런 일이 있겠는가.

히폴리타 하지만 연극에는 보잘 것 없는 자들이라 하지 않아요.

테세우스 보잘것없어도 잘 했다고 칭찬을 해주는 것이 친절한 마음씨가 아니겠소.

설익은 잘못을 너그러이 받아주는 것도 우리의 즐거움이오.
천민들이 비록 서툴지만 성과가 아니라 거기에 기울인
노고를 받아주는 것이 귀인들의 관용이오.
언젠가 어떤 곳에서 대 학자들이 날 영접하여
미리 준비한 환영사를 하려 했는데
그들이 내 앞에 나오자 몸이 떨리고 얼굴이 창백해져
도중에 말이 막혀 모처럼 연습을
하였는데도 겁에 질려 목구멍에서 멈춰
결국 벙어리의 환영사가 돼버렸소.
난 이 침묵 속에서도 환영하는 말을
들을 수 있었으니.
두려워하면서도 의무를 다하려는 겸손한 태도에서
허황된 말과 담찬 능변을 막힘없이
지껄이는 혀 이상의 것을 읽은 것이오.
그러므로 사랑과 혀가 얼어붙는 순박한 마음은
나에게는 과묵하면 할수록 많은 것을 말하는 것이요.

필로스트레이트, 돌아온다.

필로스트레이트 공작님, 지금 서사 역이 등장합니다.
테세우스 시작하게 하라.

나팔의 연주, 서사 역인 퀸스가 커튼 앞에 나타난다.

서사 역 만일 비위에 거슬린다면 그것이야 말로 우리의 소원,
여러분의 기분을 상하게 하려고 온 소원은 아니고,
다만 우리의 서툰 솜씨를 보이려 함이
이 연극의 참 목적의 시작이라 하겠습니다.
그러니 우리가 악의만을 가지고 온 것이라고 생각하세요.
여러분을 즐겁게 해드리기 위해 오지는 않았음이
우리의 진짜 목적입니다. 여러분들을 즐겁게 해드리기 위해
우리가 여기 있는 것이 아닙니다. 여기서 후회를 하라고
배우들이 등장합니다. 이들이 하는 것을 보시면
여러분이 아시고자 하는 것을 모두 아시게 될 겁니다. (채찍으로 커튼 뒤에 신호를 한다).

테세우스 저 자는 구두점이 엉망진창이야.

라이샌더 성난 망아지를 탄 것 같습니다. 끊을 줄도 모릅니다. 덕택으로 좋은 교훈이 됐습니다, 말을 하는 것이 능사가 아니고 말을 말답게 해야 합니다.

히폴리타 사실 마치 어린애가 피리 불 듯 하는 서사예요—소리는 나지만 도무지 장단이 맞지 않아요.

테세우스 얽히고설킨 쇠사슬 같구나. 끊어진 데는 없지만 뒤죽박죽이다. 다음은 누가 등장하나?

나팔의 연주에 맞춰 커튼 앞에 피라머스와 시스비, 돌담, 달빛, 사자 등이 무언극의 자세로 등장. 퀸스는 서사 역.

서사 역 여러분, 이 무언극을 보시며 궁금해 하실 겁니다.
계속 궁금하셔도 괜찮습니다. 사실이 밝혀질 테니까요.
말씀드리자면 이 사람이 피라머스입니다.
그리고 이쪽의 아름다운 여인은 분명히 시스비입니다.
석회와 흙칠을 한 이쪽 사람은 돌담이며,
이들 두 연인을 갈라놓게 하는 고약한 돌담이나이다.
그러니 가엾게도 두 연인은 돌담 틈을 통해
속삭일 수밖에 없습니다. 이러한 사정인즉 여러분은 궁금증을 푸시기 바랍니다.
이쪽 개를 데리고 초롱불과 가시덤불을 들고 있는 사람은
달빛으로 분장한 것입니다. 왜냐하면 두 연인은
달이 비추는 나이너스의 무덤 앞에서 만나게 돼 있으며,
거기서 사랑을 속삭이도록 되어 있습니다.
소름이 끼치는 이 짐승은 그 이름이 사자라고 합니다.
이 놈은 시스비가 약속대로 먼저 어둠을 뚫고 나타나자
그녀에게 위협을 가했습니다, 아니 놀라게 했습니다.
그녀가 혼비백산 달아나다가 떨어뜨린 망토를
망할 놈의 사자가 물어뜯어 피의 흔적을 남깁니다.
곧 훤칠하고 늠름한 피라머스가 와서
사랑하는 시스비의 피 묻은 망토를 발견하게 됩니다.
때문에 그는 피에 굶주린 원한의 칼을 빼들어
피 끓는 혈기에 찬 제 가슴을 과감하게 푹 찔렀습니다.
뽕나무 그늘에 숨어 기다리고 있었던 시스비는

피라머스의 칼을 뽑아 가슴을 찔렀습니다. 나머지 이야기는
사자, 달빛, 돌담과 두 연인이
무대에 등장했을 때에 상세히 말씀 올릴 겁니다.

테세우스 사자가 말을 한다는 건가?

드미트리어스 말하는 당나귀(바보)가 많다는데 말하는 사자가 한 마리 있다고 해서 이상할 것 없습니다. (돌담과 피라머스만 남고 모두 퇴장).

돌담이 앞으로 나온다.

돌담 이 연극에서 스나우트라 하는
이 사람은 돌담 역을 합니다.
돌담으로 말할 것 같으면 이렇습니다.
이 돌담에 금이 간 구멍, 벌어진 틈이 있습니다.
돌담 틈새로 두 연인 피라머스와 시스비는
종종 은밀히 사랑을 속삭였습니다.
이 진흙, 이 애벌칠, 이 돌이 바로 이 사람이
돌담이라는 증거. 그건 사실입니다.
좌우에 이렇게 틈새가 나 있습니다. (손가락을 펴 보인다)
이 틈새를 통해 연인들은 가슴을 조이며 사랑을 속삭입니다.

테세우스 돌담한테 저 이상 웅변을 기대할 수 있을까?

드미트리어스 공작님, 이렇게 나무랄 데 없이 말하는 담은 처음이나이다.

피라머스 앞으로 나온다.

테세우스 피라머스가 돌담으로 다가온다, 조용히!

피라머스 오 보기에도 무서운 밤이여! 오 칠흑처럼 캄캄한 밤이여!

오 해가 지면 반드시 찾아오는 밤이여!

오 밤이여! 오, 밤이여! 아아, 아아, 아아!

시스비가 약속을 잊었으면 어쩌지.

그리고 너, 오 돌담이여! 오 친절하고, 오 사랑스런 돌담이여!

너는 그녀의 아버지 집과 내 아버지 집 사이에 있다.

너 돌담이여, 오 돌담이여! 오 사랑스럽고 정다운 돌담아,

틈새는 어디냐, 내 눈으로 저쪽을 보련다. (돌담이 손가락을 펴 준다).

고맙다, 친절한 돌담이여. 너에게 신의 가호가 있기를!

그런데 무엇이 보일까? 시스비가 안 보이니.

요 고약한 돌담아, 내 기쁨을 볼 수가 없구나,

날 이렇듯 속이다니, 너 돌담에게 저주가 있으라!

테세우스 저 돌담에 감정이 있는 것 같으니 필시 저주를 되돌려 줄 것이다.

피라머스 아니 옳습니다, 실은 공작님, 그렇지 않습니다. "날 이렇듯 속이다니" 하는 것이 시스비에 대한 큐이오니 바로 시스비가 등장할 겁니다. 그러면 소인은 돌담 틈새로 그녀를 들여다보는 것입니다. 보십시오, 소인이 말씀올린 대로 꼭 됩니다.

저기에 그녀가 옵니다.

시스비 등장.

시스비 오 돌담이여, 피라머스와 나 사이를
가로막고 있어 넌 땅이 꺼질 듯한 내 탄식을 한없이 들어 왔지.
버찌 같은 내 입술은 수없이 너 돌에게 키스를 했다.
그 석회와 머리칼을 섞어서 바른 너의 돌에.
피라머스 목소리가 보인다. 돌담의 틈새로 들여다보아,
나의 시스비의 얼굴을 듣자.
시스비!
시스비 내 님! 그리운 님이 틀림없을 거야.
피라머스 틀림없고 말고, 난 너의 애인님이야.
나의 진정은 리만더(주: 리안더를 잘못 말함)처럼 영원히 변함이 없어.
시스비 나도 헬렌(주: 헤로를 잘못 말함)처럼 운명의 여신이 날 죽일 때까지 너를 사랑할 거야.
피라머스 샤팔루스(주: 세팔루스를 잘못 말함)가 프로크루스(주: 프로크리스를 잘못 말함)에게 쏟은 사랑은 이렇게 실하지 않아.
시스비 샤팔루스가 프로크루스에게 쏟은 사랑을 너에게 주겠어.
피라머스 오, 키스 해줘, 이 무정한 돌담의 틈새로.
시스비 돌담 구멍에다 키스하는데, 그 입술엔 전혀 닿지 않아.
피라머스 지금 바로 니니의 무덤에서 만나 주겠어?

시스비 생사를 무릅쓰고 반드시 곧 가겠어. (시스비와 피라머스 퇴장).

돌담 이렇게 저의 돌담 역할은 끝이 났습니다.

끝났으니 이렇게 돌담은 물러갑니다요. (퇴장).

테세우스 두 이웃을 가로막고 있던 돌담은 부서버린 셈이군.

드미트리어스 그야 그럴 수밖에 없사옵니다. 담에도 귀가 있다고 멋대로 남의 말을 엿들었으니까요.

히폴리타 이런 시시한 연극은 난생 처음이에요.

테세우스 연극이란 아무리 잘 해도 인생의 그림자에 지나지 않소. 아무리 서툰 연극이라도 상상으로 메우면 괜찮아지는 법.

히폴리타 그건 당신의 상상력이지 저 사람들에게는 없잖아요.

테세우스 배우 자신들만큼 사람들이 상상해 주면 그들은 훌륭한 명배우로 통할 수 있어, 오, 점잖은 짐승이 두 놈 등장한다, 사람과 사자다.

사자와 달빛 등장.

사자 숙녀 여러분, 마음이 순하신 여러분은
마루를 기어가는 작은 생쥐가 무섭다고 하십니다.
잔뜩 성난 사자가 무섭게 으르렁대면
아마 질겁해 떠실 겁니다.
사실인즉 저는 가구공인 스너그이며
잔혹한 사자 역을 맡았을 뿐, 더욱이나 암사자가 아님을.

만약 소인이 진짜 사자로 이곳에서 날뛴다면
통탄하기 그지없는 일입니다.

테세우스 매우 예절 바른 짐승이다, 착하기도 하고.

드미트리어스 짐승치고 저런 점잖은 것은 처음 봅니다.

라이샌더 이 사자의 용기는 겨우 여우감입니다.

테세우스 그 말이 옳다. 그리고 슬기는 거위 정도다.

드미트리어스 아닙니다 공작님, 저 자의 용맹은 슬기를 잡을 수 없지만 여우는 거위를 잡을 수 있지 않습니까.

테세우스 그렇지, 저 자의 슬기로야 용기도 거머쥐지 못할 거다. 거위는 여우를 잡을 수는 없을 테니 말야. 좌우지간 그건 그자의 슬기에 맡기고 달빛이 뭐라고 하나 들어 보자.

달빛 이 초롱은 뿔 모양의 초승달을 나타냅니다—

드미트리어스 뿔이라면 자기 이마에 꽂아야지.

티세우스 초승달감이 아니군, 뿔은 저 자의 둥근 얼굴 속에 가리어져 보이지 않을 거다.

달빛 이 초롱은 뿔을 가진 달, 즉 초승달을 나타냅니다.
소생은 달 속에 산다는 사람인 셈입니다.

테세우스 이건 아주 엉터린 걸. 그러면 그 사람은 초롱 속에 들어가 있어야 될 게 아닌가. 그렇지 않고서야 어찌 달 속에 사는 사람이라고 할 수 있나?

드미트리어스 초롱 속에서 양초가 타고 있으니 그자가 감히 들어갈 수 있겠습니까—저것 보세요, 저 자의 심지가 타고 있는 것 같습니다.

히폴리타 저 달은 지겨워졌으니 없어졌으면 좋겠네!

테세우스 슬기의 빛이 희미한 걸 보니 달도 이내 기울 것 같다. 하지만 예의상으로도 이치상으로도 그때까지 봐줘야 할 것이다.

라이샌더 달아, 어서 계속하라.

달빛 소생이 아뢸 말씀은 이 초롱이 달이고, 소생은 달 속의 사람이고, 이 가시덤불은 소생의 가시덤불이고, 이 개도 소생의 개입니다요.

드미트리어스 하지만 그건 모두 초롱 속에 있어야 해. 이들은 모두 달 속에 있는 것이니까. 아 조용히—시스비가 옵니다.

시스비 등장. 사자와 달빛이 복도의 커튼을 젖힌다. 그곳에는 '니이너스의 묘자'라고 쓴 말뚝이 박혀 있다.

시스비 이게 옛 니니의 무덤이지. 내 님은 어디 계시나?

사자 (으르렁거린다) 어흥— (시스비, 망토를 벗어던지고 허겁지겁 달아난다).

드미트리어스 잘도 으르렁댄다, 그놈의 사자!

테세우스 잘도 도망친다, 시스비!

히폴리타 잘도 비친다, 달님이! 정말 멋지게 비쳐줘. (사자가 시스비의 망토를 물어뜯는다).

테세우스 사자란 놈, 암팡지게 물어뜯는군!

드미트리어스 다음은 피라머스가 등장하고.

피라머스 등장. 사자 퇴장.

라이샌더 그러자, 사자는 퇴장이라.

피라머스 정다운 달아, 너의 햇빛 같은 빛살이 고맙다.
달아, 이렇게 환하게 비쳐주니 고맙다.
아, 찬란하고 금빛으로 번쩍 번쩍 빛이 나니
꼭 귀여운 시스비의 모습을 볼 수 있을 것이다.

가만 있자, 아이고 맙소사!
이것 뭐야, 불쌍한 기사여,
무서운 슬픔이 가슴을 저미는구나!
눈이여, 보느냐?
이럴 수가 있느냐?
오, 귀여운 님! 오, 소중한 님!
그리운 너의 망토가
아니, 이렇게 피로 물들다니!
사나운 복수의 신들이여, 어서 오라!
오 운명의 신들이여, 어서 어서 달려오라.
내 목숨의 실을 끊어라.
짓이겨라, 박살을 내라, 끝장내라, 죽여다오!

테세우스 이렇게 비탄에 잠기고, 소중한 애인도 죽고 나니, 진정 슬프게 보이는구나.

히폴리타 웬일인지 그 젊은이가 불쌍해졌어요.

피라머스 오 조화의 신이여, 어째서 사자를 만드셨소?
포악한 사자 놈이 내 애인의 꽃다운 목숨을 꺾었다.
내 애인은 절세의 미인—아냐 아냐—미인이었어.
살아서 사랑받고, 우러러봤고, 찬양하던 님이었지.

눈물이여 쏟아져라, 내 마음을 부셔라!
칼이여 빠져나와 상처를 내라.
피라머스의 젖꼭지에다.
그렇다, 이 왼쪽 젖꼭지를,
심장이 뛰는 곳이다. (그는 가슴을 찌른다).
이렇게 나는 죽는다, 이렇게 이렇게 이렇게. (칼을 떨어뜨리며, 비틀거리다, 묘지까지 가서 쓰러진다).

이제 나는 죽는다.
이제 나는 사라진다.
내 영혼은 하늘로 간다.
혓바닥아, 빛을 꺼라!
달이여, 사라져라! (달빛 퇴장).
이젠 죽는다, 죽어 죽어 죽어 죽는다. (죽는다).

드미트리어스 부지기순으로 죽었구나. 한번밖에 죽지 못하는데.

라이샌더 하나 이상은 아니니까. 이젠 죽었으니 남은 것이 없지.

테세우스 전의에게 보이면 되살아날지도 모르지. 다시 태어나 바보 당나귀가 되거나.

히폴리타 어떻게 달빛이 없어졌을까? 시스비가 돌아와서 애인의 시신을 찾아야 할 텐데.

테세우스 별빛으로 알아보겠지.

시스비 등장.

아아, 여자가 등장하니, 저 여자의 슬픈 대사로 연극이 끝나는 거지.

히폴리타 피라머스가 저 모양인데 너무 길게 한탄하지 않으면 좋겠네. 간단히 끝내 주었으면 좋겠다만.

드미트리어스 피라머스와 시스비를 앉은뱅이저울에 단다면 먼지 하나의 차이밖에 없을 겁니다. 피라머스가 남자란 것도 한심하구, 이 시스비가 여자라는 것도 끔찍하군요.

라이샌더 그 예쁜 눈으로 여자가 남자를 찾아냈군.

시스비 묘지에 있는 피라머스를 발견한다.

드미트리어스 그래서 시스비가 슬퍼 한탄하기를 즉—

시스비 내 님이여, 자는 건가?
이럴 수가, 죽었나, 내 비둘기가?
아 피라머스, 일어나!

말을 해, 말해 봐! 왜 아무 말도 못하는 거야? (피라머스의 얼굴을 일으켜 든다).
죽었어, 죽은 거야! 무덤 속에
그 고운 눈을 묻게 되다니.
그 백합 같은 입술
버찌 빛 코
이 노랑 양취란화 같은 두 볼이
모두가 사라졌다, 사라졌어.
연인들이여, 같이 슬퍼해 주오!
내 님의 눈은 부추같이 파랬어.
운명의 세 여신아,
오라, 오라, 내게.
어서 우유 빛 같이 하얀 손을
핏덩어리로 물들게 하라.
내 님의 비단실 같은 목숨을
끊어버린 손이 아니냐.
혀야, 말을 삼가라!
오너라, 믿음직한 칼이여,
오너라, 칼날, 내 가슴을 찔러라.(그녀 피라머스의 칼을 찾아보지만 발견하지 못해 마지못해 칼집으로 찌른다).
친구들, 잘 있어.
이렇게 시스비도 죽어요.
안녕 안녕 안녕. (피라머스의 시체 위로 털썩 쓰러진다).

사자, 달빛, 돌담이 나타나, 나이너스의 묘지를 커튼으로 가린다.

테세우스 달빛과 사자가 시체를 처치하기 위해 남는 거로군,

드미트리어스 예, 그리고 돌담도요.

사자 당치 않은 말씀입니다, 양가를 가로막던 돌담은 무너져 버렸죠. (품안에서 종이쪽지를 꺼낸다). 여러분, 끝맺음 말을 보실 깝쇼? 아니면 우리 단원 두 사람이 추는 버고마스크의 춤을 들으시겠습니다.

테세우스 끝맺음 말은 필요 없다. 너희들 연극은 변명할 것도 없으니 말이다. 변명은 그만 두어라. 배우들이 다 죽었는데, 비난 받을 상대가 없잖은가. 하긴 만일 이 연극의 작가가 피라머스 역을 하고 시스비의 양말대님으로 목을 매 죽었다면 오히려 훌륭한 비극이 됐을 거다. 어쨌든 정말 잘들 했다. 자 그 버고마스크 춤이나 추어라. 끝맺음 말은 걷어 두고.

달빛과 돌담이 버고마스크 춤을 추면서 퇴장. 사자도 퇴장. 테세우스 일어선다.

한밤의 종이 쇠의 혀로 열두시를 쳤다.
애인들은 신방으로. 요정들이 나타날 시간이다.
내일 아침은 늦잠을 자게 되겠지,
밤을 밝혀 구경을 했으니.
몹시 서툰 연극일망정 무거운 밤의 걸음을

얼버무려 주었다. 친절한 친구들이여, 잘 자라.
앞으로 2주일 동안 축제를 벌여
밤마다 잔치를 차리고 여흥을 즐기도록 하자.

테세우스, 히폴리타를 이끌고 들어간다. 그 뒤를 따라 두 쌍의 연인들도 서로 손을 잡고 퇴장. 이어서 그 밖의 일행도 퇴장. 등불이 꺼지고 무대는 컴컴해지고 타다 남은 벽난로불만이 보인다. 퍽, 빗자루를 들고 등장.

퍽 지금은 굶주린 사자들이 으르렁대고
늑대들이 달을 보고 짖어댑니다.
밭일로 지쳐버린 농부들은
코를 골며 피곤을 풀어버립니다.
타다 남은 장작은 아직도 뻘겋게 타고,
밤 부엉이의 불길한 소리가
임종을 맞는 환자에게
수의를 생각하게 합니다.
지금은 산천초목이 잠든 밤이니,
무덤은 크게 입을 벌리고
망자의 혼백들이 뛰쳐나와
묘지의 작은 길을 휘젓고 다닙니다.
우리 요정들은 하늘을 날아
달의 여신(주: 헤카테는 암흑과 마법을 주관하는 여신으로서 세 얼굴을 가지고 있다. 천상에서는 루나, 또는 신시아, 지상에서는 다이아나, 명부

에서는 헤카테, 또는 프로서피나라 하였음)을 모시고
해님의 얼굴을 피하며
꿈과 같이 어둠을 좇아갑니다.
자 이젠 우리가 한바탕 홍겨워야죠. 쥐새끼 한 마리
생쥐 하나라도 이 신성한 집을 넘나들어선 안 되죠.
나의 임무는 빗자루 (주: 빗자루 하면 마녀들의 탈 것으로 잘 알려져 있다. 영국의 민간전설에 의하면 처녀들은 로빈 굿펠로 때문에 용기에 우유를 넣어두면 그는 그 보답으로 한밤중에 집안의 마루를 쓸어주었다고 전해지고 있다.)를 들고 앞서 와서
문 뒤에 쌓여 있는 먼지를 쓸어드리는 일입니다.

갑자기 오베론과 티타니아와 그 밖의 요정들이 몰려 대청으로 들어온다. 모두 양초가 꽂힌 모자를 쓰고 있다. 벽난로 옆을 지나가면서 재빨리 양초에 불을 붙인다. 대청은 황황히 밝아진다.

오베론 이 댁에 어렴풋 빛을 주는 거다.
꺼져가는 벽난로 불을 촛불에 옮겨라.
요정들아, 모두 함께 가볍게 춤을 추어라.
가시덤불 속에서 뛰어나온 새들같이.
나를 따라 노래 부르며
발걸음도 가볍게 춤을 추어라.
티타니아 (오베론에게) 당신이 먼저 노래를 불러요.
한 마디 한 마디 장단을 붙여서요.
우리들도 손에 손 잡고 요정답게 우아하게

노래 부르고 이 댁을 축하해드려요.

오베론이 먼저 노래를 부르고 그 뒤에 요정들이 합창을 한다. 그는 노래 부르면서 손을 맞잡고 춤을 추며 대청을 돈다.

노래

오베론 요정들아, 날이 샐 때까지
이 집안을 춤추고 다녀라.
우리들은 가장 아름다운 신방에
축복을 주련다.
이어서 태어날 아이들에게도
영원한 행복이 있어라.
세 쌍의 신랑 신부들이
백년해로를 하여라.
태어날 아이들의 몸에
자연의 신의 실수로라도 천생의 흠이 없어야 한다.
사마귀 언청이 상처 등
태어나면서 세상 사람들이
불길하다고 싫어하는 자국으로
자손들이 상심하지 않도록 하여라.
요정들아, 제각각 흩어져서
궁전의 방마다 샅샅이 다니며

청결한 들판의 감로를 뿌려주라.
이 궁전에 편안함을
이 댁 주인에게 축복을
영원한 안락이 머물도록 하라.
어서 날아가라,
머뭇거리지 마라.
동이 트기까지 돌아와야 한다. (퍽 이외에 모두 퇴장. 대청은 컴컴해지고, 다시 조용해진다).

끝맺음 말

퍽 그림자에 불과한 우리들이 여러분을 언짢게 하였다면
이렇게 생각하여 주십시오. 즉 여러분이 잠시
선잠을 드시는 사이 환상을 보신 거라고.
그러면 마음이 편해지실 겁니다.
초라하고 어수룩한 연극이긴 하지만
한갓 꿈같은 것이오니
여러분, 너무 꾸지람 마십시오.
너그럽게 용서해 주신다면 차츰 고쳐가겠습니다.
그리고 저 퍽은 고지식합니다.
만일에 의외로 분에 넘치는 행운이 있어
비난의 힐책을 모면할 수만 있다면
머잖아 훌륭한 연극을 보여드리겠습니다.

퍽은 거짓말을 하지 않습니다.
그럼 여러분 모두 안녕히 돌아가십시오.
고마우신 관객 여러분, 박수 부탁드립니다.
퍽이 좋은 연극으로 다시 모시겠습니다. (사라진다).

작품해설

『한여름 밤의 꿈』은 셰익스피어의 작품 중에서 가장 즐거운 희곡이다. 정감(情感)이 우리의 가슴을 적신다. 여름밤의 몽환(夢幻)과 현실의 세상이 교차하며 아름다운 전원 속에서 우리는 꿈을 꾼다. 윌리엄 해즐릿(William Hazlitt)은 이 극을 이렇게 격찬하였다.

『한여름 밤의 꿈』은 프랑스의 온갖 시를 한데 묶은 것보다 그 묘사에 있어서 더 우아하고 뛰어나게 아름답다. 프랑스의 시인들의 작품 중 어떠한 명구절과 비교해 보아도 상상의 풍부함과 비유의 탁월함에 있어서 프랑스의 시는 셰익스피어에 대적할 수 없다.

이 작품은 언제나 우리를 매혹한다. 그리고 신비감에 빠지게 하는 사랑의 삼중주(三重奏)다.

셰익스피어의 낭만희극인 이 작품의 창작년대에 대해서는 설이 분분하지만 1594~96년에 썼으리라고 추측된다. 셰익스피어의 작품들이 대부분 원전을 바탕으로 하여 개작된 것이지만 이 『한여름 밤의 꿈』만은 좀 다르다. 말하자면 이 작품의 구상은 셰익스피어가 독자적으로 생각해낸 것 같으며 작품 속의 개개의 부분은 많은 자료에서 시사를 얻은 것 같다. 이처럼 그가 각양각색의 소재를 구사하여 하나의 조화를 이룬 전체상을 만들어냈다는 점에서 이 작품의 탁월성이 있는 것이다. 테세우스와 히폴리타의 이야기는 플루타크의 『영웅전』 속의 「테세우스의 생애」와 초서의 『켄터베리 이야기』 속에 들어있는 두 젊은이가 한 여자를 사랑하는 줄거리인 「기사의 이야기」(*Knight's Tale*)에서 취한 것 같다. 그리고 이 작품에서 중요한 부분을 차지하고 있는 두 쌍의 젊은 연인들의 사랑싸움의 이야기는 포르투갈의 시인 Jorge de Montemayor의 Diana Enamorada 라는 작품에서 얻어왔으리라고 추정된다. 요정들의 이야기는 영국에서 면면히 전해 내려오는 민간 설화에서 택했고, 요정 왕의 이름은 동시대의 작가인 로버트 그린의 『제임스 4세』에서 암시를 받았을 것이라고 추정된다. 요정의 여왕 티타니아는 로마의 시인 오비디우스의 『변신이야기』(*Metamorphoses*)에서 얻어왔고, 원명은 로빈 굿펠로로 되어 있는 요정 퍽은 레지날드 스코트의 『마법의 발견』(*The Discoverie of Witchcraft*)에서 취했을 것이라 한다. 그리고 보틈 일행이 공연하는 극중극 「피라머스와 시스비」역시 『변신의 이야기』에서 따온 것으로 추정된다.

이 작품의 제목에서 한여름이란 4계절 중에서 가장 낮이 긴 하지(夏至) 전후를 의미한다. 이 무렵에는 영국의 농촌마다 홍겨운 민속적 행사를 여는 전통적 관습이 있었고 특히 하지의 그날 밤은 한 해 중에서 요정들이 가장 성대하게 향연을 벌이는 때라 처녀들은 사랑을 즐겨 점치기도 했다는 전설이 있다. 그러고 보면 여기서 한여름이란 그 축제일의 전날 밤이 아니면 당일 밤을 가리키는 것으로 보아야 할 것 같다. 이러한 전설과 민속적인 풍습을 바탕으로 한 매혹적이고 환상적인 이 작품은 은연중에 암시해주듯이 한여름 밤의 숲 속에서 한갓 꿈처럼 얽히고설킨 사랑의 사건과 갈등이 먼동이 터오면서 실마리가 풀려 사랑과 결혼이 이뤄지는 형태로서의 재생 구조를 지니는 작품이다.

이 작품이 높이 평가되고 낭만희극 중에서 걸작으로 취급되는 것은 줄거리를 전개시켜 나가는 극적 구성력의 비범성에 있다고 볼 수 있다. 서로 색조가 판이하게 다른 네 개의 플롯을 갖고 있다. 즉 이 극의 틀을 형성하고 있는 아테네 공작 테세우스와 히폴리타와의 결혼이야기를 위시하여, 두 쌍의 젊은 연인들의 사랑 이야기, 그리고 요정의 왕 오베론과 요정의 여왕 티타니아와의 불화 이야기, 끝으로 보틈 일행의 소인극이야기 등이 서로 엇갈려 있다가 끝내는 외가닥으로 정돈됨으로써 단순하면서도 복합적인 세계를 형성하고 있다.

그런데 셰익스피어의 예술적 재능과 기교는 여기서 끝나지 않는다. 왜냐하면 이 작품에서만 보더라도 전체가 음악적으로 틀이 짜여져 있기 때문이다. 서두의 장면은 일종의 서곡으로서 이 작품의 중심사상을 미리 알려주고 있으며, 그것들은 극 전개와 더불어 강약의 리듬을 아름답게 들려주면서 변주(變奏)발전되어 나간다. 그러나 구성뿐만 아니라 곳곳에 합창과 춤이 많아 음악적인 분위기도 어렵지 않게 감득할 수 있다. 흔히 셰익스피어 극을 성격극이라고 한다. 즉 성격이 또는 성격과 환경이 정면으로 맞부딪쳐 불꽃을 튕기며 극적 전개를 드러내보인다는 견해는 일단 긍정적으로 받아들일 수 있지만 그의 전 작품을 이러한 척도만으로 재단해버린다는 것은 아무래도 위험할 것 같다. 우리가 그의 작품을 읽으면 읽을수록 셰익스피어가 얼마나 구성에 신경을 썼고, 또한 심혈을 기울였는가를 짐작할 수 있는 것이다. 특히 원숙기에 접어들면서 더욱 그러했다.

할리 그랜빌-바커(Harley Granville-Barker)는 이 점에 대해서 "성격창조에 셰익스피어는 늘 관심을 지녔으며 그 관심은 점차 깊어졌지만 그 관심을 떠나서 만들어진 것으로 여겨지는 극이 꼭 하나 있다. 그것이 바로 『한여름 밤의 꿈』이다. 이것은 초기 작품이지만 결코 미숙한 작품은 아니다"라고 말했듯이 이 작품은 그리스극처럼 플롯이 두드러지고 반면에 성격이 크게 부각되지 않은 것이 특징이다. 다시 말해서 셰익스피어는 개성보다는 상황에다 더 중점을 둔 것이다.

『한여름 밤의 꿈』에 등장하는 여인들은 매력적인 인물이기는 하지만 특별한 개성을 드러내는 소위 입체적 여인상이 되지 못하고 있다. 그러나 이 작품에서 비록 이차적인 위치에 있긴 하지만 극의 흥미를 돋우어 주는 역할을 한 몫 단단히 하는 장난꾸러기 요정 퍽보다는 무식하고 어리석은 보틈이 어느 극중인물보다도 가장 개성적이며 인간미가 풍부한 인물로 그려져 있음을 목도하게 된다.

지금까지 보아온 바에서 대강 짐작할 수 있는 일이지만 셰익스피어의 극적 기교와 시적 감각, 그리고 인간통찰력이 아름답게 조화된 것을 우리는 극중 인물 중에서도 헬레나와 허미아에게서 발견하게 된다. 물론 이 두 여성은 대조적인 형이기는 하지만 꿈과 시에 꼭 알맞은 여성임에 틀림없다. 헬레나는 한 마디로 말해서 모질고 매운 데를 찾아볼 수 없는 온화한 성품의 여성이다. 그녀는 드미트리어스를 사랑하면서도 지나치게 소심하다. 그녀는 얼굴빛이 희고 키가 훤칠하며 금발의 이상적인 아름다운 여성이다. 그런가 하면 래이샌더와 사랑하는 사이인 허미아는 비록 체구는 작지만 단단하고 원기발랄하며 경박하며 자아의식이 강하고 격렬한 감정의 소유자이기도 하다. 그녀에게서 아름다운 로맨스의 이상적인 여성의 자태는 찾아보기 힘들다. 이처럼 헬레나와 허미아와의 대조는 단순히 풍자와 극작기교에서 우리에게 흥미를 안겨준다기보다는 두 여성의 성격과 그녀들의 상황이 서로 빳빳하게 맞서 부딪치는 소용돌이 속에 셰익스피어 희극의 말로는 형용할 수 없는 재미와 즐거움이 탄생되는 것이 아닐까 싶다.

이 작품에서 또 한 가지 빠뜨릴 수 없는 것은 달과 달빛이다. 숲 속의 가지가지 사건들은 달빛이 눈이 시리도록 휘영청 밝은 달밤에 벌어지기가 일쑤다. 이 작품의 전막을 통해서 달과 달빛은 포괄적인 의미를 지니고 있다. 단순히 어떤 낭만적이고 비현실적인 세계의 상징이라고 생각하는 것은 셰익스피어의 의도와 너무나 거리가 멀다고 하겠다. 처음 몇 행의 대사에서는 이 극 전체를 주관하는 신으로서의 달을 우리에게 넌지시 보여주고 있지 않는가. 달은 순결의 상징인 동시에 갈대처럼 흔들리기 쉽고 변하기 쉬운 마음을 말해 주는가 하면 풍요함과 서정성을 상징하기도 한다. 그뿐만 아니라 비이성적이고 직관적인 이해력도 귀띔해주고 있는 것이다.

어쨌든 결정적인 설이 있는 것은 아니지만 『한여름 밤의 꿈』은 어느 귀족의 혼례식 축하연의 여흥용으로 창작되었다는 추정은 할 수 있을 것 같다. 공상의 세계와 현실의 세계가 완전히 조화의 극치를 이룬 이 즐거운 희극은 꿈과 아름다움이 서려있는 한 편의 서정시임에 틀림없다.

판권

셰익스피어 전집 7 개정판
한여름 밤의 꿈

옮긴이 · 신정옥
펴낸이 · 양계봉
만든이 · 김진홍

펴낸곳 · 도서출판 전예원
주소 · 경기도 용인시 처인구 모현면 초부로 54번길75
전화번호 · 031) 333-3471 전송번호 · 031) 333-5471
e-mail · jeonyaewon2@nate.com

출판등록일 · 1977년 5월 7일 출판등록번호 · 16-37호

개정판 1쇄 발행 2005년 02월 25일
개정판 8쇄 발행 2019년 10월 25일

ISBN · 978-89-7924-018-4 04840
ISBN · 978-89-7924-011-5 04840 (세트)

※ 잘못된 책은 바꿔드립니다. 값 · 9,000원